米可 著

荒原鹿影

HuangYuan
LuYing

天津出版传媒集团

百花文艺出版社

图书在版编目（ＣＩＰ）数据

荒原鹿影 / 米可著. -- 天津：百花文艺出版社，
2023.9
ISBN 978-7-5306-8646-1

Ⅰ.①荒… Ⅱ.①米… Ⅲ.①推理小说-中国-当代
Ⅳ.①I247.5

中国国家版本馆 CIP 数据核字(2023)第 153221 号

荒原鹿影
HUANGYUAN LU YING

米可 著

出 版 人：薛印胜
选题策划：汪惠仁　　　　　编辑统筹：韩新枝
责任编辑：张 烁　　　　　美术编辑：郭亚红
出版发行：百花文艺出版社
地址：天津市和平区西康路 35 号　邮编：300051
电话传真：+86-22-23332651（发行部）
　　　　　+86-22-23332656（总编室）
　　　　　+86-22-23332478（邮购部）

网址：http://www.baihuawenyi.com
印刷：山东临沂新华印刷物流集团有限责任公司
开本：880 毫米×1230 毫米　1/32
字数：159 千字
印张：7.5
版次：2023 年 9 月第 1 版
印次：2023 年 9 月第 1 次印刷
定价：58.00元

如有印装质量问题,请与山东临沂新华印刷物流集团有限
责任公司联系调换
地址:山东省临沂市高新技术产业开发区新华路 1 号
电话:(0539)2925886　邮编:276017

1

把客人送到县城火车站，已是午后。此时天色晴朗，微风阵阵，空气中不只透着清凉，还多了几分尘世的喧嚣。

在面馆吃午饭的时候，邬天不禁想起后排座的那个日本小伙儿，他一路低声吟唱着什么，好像还哭了一阵，不知是故乡，又或是他乡令他不舍。

手机界面弹出天气预报，显示晚间川西北地区将迎来暴风雪天气。邬天不敢多停留，匆匆吃过饭，便开车往回赶。从县城回磐城有一百九十公里路程，一条国道贯穿，单程需要四个小时。磐城外的十二道梁子海拔有四千八百多米，必须翻过它，邬天的心思才能落定。

不觉间，车子行至吟鹅坪，一处海拔三千三百米的谷地。二十多辆重型货车沿路边一字停放，首尾连接，有如七彩的经幡。这些货车驾驶位都空着，篷布扎得也很紧实。邬天猜想，司机们大概不想挑战即将到来的暴风雪，因此都躲进了附近的卡友之家休整。

邬天没有在此过夜的想法，磐城距离此地只有百公里不到，而那些大货车的目的地大多在千里之外。此外,置身于一群天南海北的货车司机中,邬天也会隐隐作痛地想起平原上的家乡。于是,他深踩油门,集中精力向十二道梁子进发。

所谓十二道梁子,是指爬坡过程中的十二道大弯。地势的相对高低,常会让人产生错觉,有时明明在爬升,感觉却像是向黑暗谷底进发,不由自主地踩刹车;反之,有时看似爬坡,实际却在下降,下意识地想踩油门,存在车毁人亡的风险。邬天一路小心,控制车速,慢慢地,视野开阔起来,十二道梁子顶上的观景台目视可见。

大半年前,邬天和妻子乐茹自驾驶过磐城,攀上十二道梁子。乐茹突然从昏睡中醒来,强忍着高反的不适,登上了观景台,凝视苍穹,俯瞰大地,沉默不语。停了十多分钟后,他们驾车掉转方向,回到磐城。从那以后,他和妻子就再没离开过这片高原。

还记得那一天,暮色四合,淫雨霏霏,像是预示故事已近终章,舞台的灯光渐次熄灭。但此刻,天空却浸透在一片金色当中,一团团云彩泛起了香槟般的泡沫,倒悬着,垂涎欲滴。没有风,也没有声音,目光所及的高山草甸上,甚至没有一头漫步的牛羊。邬天敲了敲太阳穴,胸口却还是发闷,喘不上气,他只想尽快逃出这座金色的牢笼。

几百米开外,草地上的一大团灰色吸引了他的注意。开得近了,才发现是一对沉重的鹿角,而鹿的大半个身子,则陷在沼泽里。这对鹿角先是划过邬天的视网膜,继而出现在车子的后视镜中,最后才钻进了他的心中。邬天缓缓停车,挂上倒挡,停在距离沼泽最近的公路边上。

这是一头成年雄鹿,体形硕大,少说得有三百公斤。雄鹿的唇边有一圈白毛,随鼻翼微微翕动,像是伺探来客是敌是友。

邬天摸出手机,发现没有信号,又呆坐了会儿,才从车上跳下路阶。他刚向前走了几步,雄鹿的喉咙就发出一阵低吼,挥舞起方天画戟般的鹿角。

邬天伸出双臂,将掌心朝向雄鹿,一动也不动。几分钟后,雄鹿垂下了脑袋,鼻头也停下了嗅探。邬天横移脚步,围着雄鹿绕起圈子,探索距离雄鹿最近的那块坚实土地。

绕了一圈又一圈后,邬天回到了雄鹿正面,距离这个大家伙不到三米。雄鹿再次躁动起来,身前的泥沼也随之翻腾。邬天从夹克口袋里取出一个苹果,咬了一口,然后扔到了雄鹿的嘴边。雄鹿先是嗅了嗅,又用厚厚的舌头舔了两口。也就在这个当口儿,邬天将身体向前探去,尽力去够雄鹿的鹿角。

雄鹿发觉了邬天的试探,猛地抬起脑袋,鹿角瞬间远不可及。

一声惊雷在天空炸响。

天空早已像金色的蝉翼,黑暗从一道道裂缝里弥漫,变成了更大面积的涂鸦,搅动着黑云翻滚,狂风大作。不到一分钟,冰雹便从天而降,先是指甲盖大小,接着成了鸽子蛋,然后是棉铃桃。邬天赶忙捂着脑袋,刚跑回车边,就瞥见观景台上还有七八头鹿不安地摩肩接踵,并排站立。

邬天转到车尾,取出后备箱垫兜在脑袋上,回到被困的雄鹿身前。他先是将塑料垫铺在烂泥地上,随后整个人也匍匐在了垫子上。

由于扩大了受力面,邬天得以一点点靠近这头大家伙。雄鹿起初还在挣扎,但当他的手指触到它鼻翼上方的那一小撮白毛时,雄鹿安静了下来。

邬天轻轻抚摸了一阵,然后手指向上,触摸到了一只鹿角,然后是另一只。邬天缓缓发力,一对鹿角在掌心发热。雄鹿也开始发力,但是越是用力,庞大的身躯就越是加速下沉,拖着邬天几乎陷入了沼泽。

邬天还想努力,却被雄鹿猛甩脑袋。邬天原地打了个滚,退回到安全边际。邬天和雄鹿对视,鹿的眼睛罩上了一层泪膜,倒映着邬天不知所措的面孔。不远处,观景台上的同伴们一阵悲鸣,转而消失在山的另一侧。

"对不起……"邬天喃喃着,人却没有动弹。冰雹已经变成了大片的雪花,簌簌落下,不一会儿,人和鹿的身上就压了层薄薄的白雪。

又过了会儿,邬天起身,回到车内,盘算好角度和路线,拧动了车钥匙。车子开下路阶的那一瞬,底盘猛地磕了一下。邬天加大油门,车子冲进了草甸,接着又是急刹,才没有陷入沼泽。

接着,邬天调整方位,小心翼翼地把车开到沼泽边停下,从后备箱里取出两根绳索,再次趴在塑料车垫上,在一对鹿角的分叉处打上两个结,又将绳子的另一头拴在汽车轮毂上。做这一切时,雄鹿一直瞪大了眼睛,不解,但眼神中有了期待。

邬天缓缓给油门,绳索绷紧,继而摇晃,雄鹿垂下脑袋,鼻孔里不断喷出白色的水汽。接着,绳索被完全拉直,车轮一点点挪移,雄鹿健硕的胸肌一厘米又一厘米地从泥浆中挣脱。几乎是一瞬,雄鹿发出尖厉的嘶鸣,从沼泽里一跃而出,跌落在草甸上。

雄鹿躺在地上,像是拼尽了全部力量,胸腹急促地起伏。邬天上前将鹿角上的绳索解开,然后用手抹去覆在它身上的泥浆。当手掌触及雄鹿后腿外侧时,它轻轻地打了个响鼻。邬天这时发现,那里有一个伤口,鲜血和泥浆混在一起,不那么容易发现。邬天一点点地清理了伤口周边,发现了火药灼伤的痕迹。

邬天愣了片刻,揪了些草叶,回到车内,掺了些手纸用火花塞点燃,再将草木灰拢到一起,敷在了雄鹿的伤口处。雄鹿伸出舌头,在邬天的脸上舔了一下,粗糙,但很温暖。

完成这一切,邬天从车里又找了两个苹果,递到雄鹿的嘴边,自己则躲回车里,等待这头鹿慢慢缓过劲来。

直到此时,浑身湿透的邬天才觉出彻骨的寒冷。他打开暖风,车窗玻璃不久便起了白雾。拨弄了几次雨刮器后,邬天便打起了盹儿,等到他再次醒来时,雪已经停了。明亮的天穹下,那头雄鹿不见了踪影。它大概是在邬天熟睡的那会儿悄然离去的。邬天怔了片刻,握住了方向盘,正准备离开时,却发现油表已经归零,发动机不知何时已经停止了运转。

邬天看了眼手表,距离午夜还有一个多小时。邬天暗忖,不知自己是否能熬过这一夜漫长的寒冷。

2

　　乐茹病逝前,邬天曾从网上看到一则有关冷冻人的消息,说是丈夫把癌症晚期的妻子冰冻起来,等到三十年后再解冻,或许到了那时,世上已经发明出了治疗癌症的特效药物。邬天将这则新闻转给了乐茹。乐茹回复了一个鬼脸,然后发来好几款冰柜的购买链接。邬天不语。乐茹又回复道,我是火命,所以,还是把我烧了吧。

　　不久前,邬天开车送磐城的兽医去往平远县县城。行到半路,他远远看到山坡上围了一群人,垂手肃穆而立。浓密的黑烟缓缓上升,凝结成一大块,低低地覆在了山头上。邬天握着方向盘,他仿佛嗅到了黑烟的味道;他也仿佛看到一个小人儿,躲在黑烟中,伸出一只小手,召唤他过去。

　　邬天望着这个小人儿发了呆,双手在不觉间离开了方向盘,再然后就是天旋地转,日月轮替,天堂和地狱都混成了一锅粥,而人间,只是一小溜儿发亮的曲线。

　　邬天想把这道曲线合上,但不知怎的,总有人在耳边聒噪,吵得他不得安生。邬天挣扎着把眼皮撑开，看到有人正在车窗外冲他挥手。

原来，在吟鸨坪耽搁了一夜的货车司机们早早出发，刚开出去不久，便发现了陷在草甸里的汽车。他们把濒临休克的邬天驮进货车驾驶室内，脱掉他潮湿外套内衣，给他换上厚厚的棉衣，喂汤喂药，还灌了一大袋氧气。之后他们又把汽车拖回路面，一路牵引回到磐城，一直停到苏黎世风情街的路口，才将缓过劲来的邬天交给当地牧民，然后浩浩荡荡地离去。

邬天所居住的白央客栈，就在苏黎世风情街的中央。短短五百米的小街，并列着数十家民宿，几乎每家外墙上都涂抹着奶油底色，上面彩绘了不同的卡通形象——机器猫和怪物史莱克既互相问候，也同时向游客们招手，希望他们能够进到自家的庭院。相比之下，夹在其中的白央客栈素颜朝天，不那么讨好。可正是这家客栈，是这一排建筑中唯一还在经营的。其他的，早已人去楼空。

回到客栈，邬天栽倒在床上，不仅没脱衣服，还裹了两层厚被。慢慢地，汗液从毛孔里渗了出来，先是贴着皮肤的一层，接着便成了无数细流，止都止不住。邬天直犯迷糊，他觉得自己把这一生的汗都流光了。

后来，天又黑了，寒冷再次侵袭。那些流出去的汗液，又都变回了气体，悄然无声地回到他的体内，凝聚在胸腔、腹部和身体的每一条管道，形成了冰冷的一坨又一坨。迷惑了意识，却让痛苦变得异乎寻常的真实。

有人敲响了房门,从遥远的平原而来。邬天没有反应。

隔了两分钟,电话铃响了。一个女人操着不太流利的普通话说:"给你泡的药茶,放在门口了。"

邬天挣扎起身,打开门,看到地板上放着一碗深褐色的药汤,走廊里黑洞洞的,一个人都没有。邬天端起茶碗,腥臊味直冲天灵盖。犹豫了两秒,他把药汤灌进肚子。回被窝不久,身体便开始燥热,汗却不再流了。

半小时过去后,邬天翻出最近的那条通话记录,回拨过去。邬天说:"我把茶碗还给你。"

对方犹豫了两秒,说:"你到一楼,前台后面有扇防盗门,你敲两下,我给你开门。"

邬天"嗯"了一声,放下话筒。

前台没有人,原先放置在桌面上的电脑、验钞机也都不见了踪影。这不奇怪,毕竟即将进入雪季,除了自己,旅店里已经没有其他客人了。邬天绕过前台,刚要敲门,白央便从里间打开了门,微笑着把邬天迎了进去。

不同于宾馆的简陋装饰,防盗门后隐藏的是一座小型的金色大厅:金色的壁纸、金色的桌椅,还有佩着金色腰刀的汉子。汉子们扭过头,注视着邬天,像是刚饱食过的狼群审视突然出现的入侵者。

邬天没想到还有这么一处隐秘的存在,他不惧怕陌生人的注视,相反,一种熟悉的直觉在他的体内复活。邬天发现,在这群警觉的汉子中,有一个中年男人窝在角落,埋头玩手机游戏。男人个头儿不高,头发鬈曲而浓密,眼窝凹陷着,顶在高耸的鼻梁上方,往下是挂在嘴角的微笑。

这是群狼的首领。邬天暗忖着,走上前去。男人比画了个请坐的手势。与此同时,白央又端来一碗药汤。腥臊味让邬天皱起眉头。

"这可不是什么毒药,这是为你好。"中年男人笑道,"你的心应该感到甜丝丝的。"

邬天强忍恶心,再次灌下了药汤。

男人放下手机说:"若是你中午再不回来,我们可得组织人去搜救了。"

"也许我在平远县县城过夜,或者,我直接回老家去了。"

男人摇了摇头:"不,白央说你不会,你就不会。"

邬天瞥了眼白央,然后将目光收回到汤药上:"说到毒药,你办过下毒的案子吗?"

男人笑着反问:"你办过吗?"

"我还真办过,不过也是十来年前了,毒鼠强,害了一家三口。"

男人"哦"了一声,伸出右手:"我叫贡波甲,平远县公安局驻磐城警务室的民警。"

邬天握住对方的手,感觉那手粗粝而有力:"幸会幸会,我叫邬天,我,已经不算是警察了。"

贡波甲摇了摇头:"即使只穿过一天警服,那也是警察。"

邬天苦笑:"你怎么看出我干过公安的?"

"直觉。"贡波甲说,"警察瞧人的眼光和常人不同。"

邬天"唔"了一声:"你以为我去了哪里?"

"我以为你会离开。"

"但是我没有。"

"是的,白央坚持你不会不辞而别,对不对啊?"贡波甲扬起声音,白央的脸上立时泛起了绯红。

邬天岔开话题:"我见过你几次,在十二魂堡的方尖塔下,应该不只是晒太阳吧?"

"那里曾经是游客的集散地。"贡波甲伸了个懒腰,"不过,现在人都走光了,包括那个日本人。"

"磐城的旅游已经衰败了。"邬天如是说。

"也不算,最美的景色都在路上,只不过,磐城已经不再是停车歇脚的驿站了。"

"发生了什么?"

"高速公路!"贡波甲加重语气,"高速公路修通了,连通了一个又一个目的地,磐城就被那些只有一两周公休假的游客给绕过去了。"

"当地人也都离开了吧?"

"高速公路修通前,磐城常住居民有两千多人,每天的游客量也有同等的规模。如今,整个磐城只剩下不到三百人,很多房子都空了,就连乡镇政府和派出所都撤了,只留下一间警务室在这儿。"

"还有你这个老警察。"邬天补充道。

贡波甲嘿嘿笑道:"也不算老,刚五十出头。"

"你怎么没有回县里,或是去城市?"

"住不惯。"贡波甲说,"也不是说我孤家寡人,我老婆现在在省城带孙子,我也跟去住了一段时间,可是住不惯。再说了,磐城虽然人少,但是这里是西隆山北麓,有大片牧场、森林、山谷与河流,单是国家一级保护动物就有二十多种。"

"所以说,你现在干的是森林警察的工作咯?"

"保护动物就是保护人类,磐城在这方面有过惨痛的教训。"贡波甲顿了顿,"你呢,怎么就留下不走了呢?"

邬天用指肚摩挲汤碗的边沿,没有正面回应:"既然辞掉了警察的工作,我就索性给自己放了个长假,所以多待一会儿也无所谓。"

贡波甲眨巴眨巴眼睛,开始介绍起这间隐秘的金色大厅:"旅游业凋敝后,很多旅馆民宿都关了门,只有白央这家活了下来。它是磐城牧民们秘而不宣的聚会场所,有点儿像美国西部片里牛仔光顾的酒吧。不过这些牧民都很老实,他们大多是打工者,不能为了喝酒闹事把工作给丢了。"

"这些牧民没有自己的草场吗?"

"曾经有,后来都把各自的牧场以股份的形式流转给了天舐牧业。牧民们一边靠股份年底拿分红,一边也给牧业公司打工赚钱,何乐而不为?"

"牧民们为什么偏爱这一家客栈呢?"邬天追问。

贡波甲笑了,眼睛斜向白央,一副明知故问的表情。

邬天心领神会。在金色大厅里的白央,驼色的高领毛衣箍住了她婀娜的身体,胸脯中央的谷地,悬着一个金色倒方尖锥吊坠,邬天认得,这是十二魂堡方尖塔的造型。毛衣下面连接着一袭拖地长裙,层层叠叠,翻起了暗红色的波浪。

"我知道你在想什么。"贡波甲说,"那句话怎么说来着,可远观而不可亵玩焉。"

"她的老公爱吃醋吗?"邬天随口问道。

"她的丈夫死了。"贡波甲淡淡地回答。

邬天怔了片刻,没有说话。

"生老病死,世事无常,更别说是在这片高原上。"贡波甲又笑了,"那些逝去的灵魂只是进入肉眼看不见的隐秘轮回中了。"

"说起来倒是很轻松。"

贡波甲拍了拍邬天的肩膀:"空气稀薄,大脑容易缺氧,会给人一种飘在天上的感觉,这大概就是高原人的天性吧。如果你继续在此地待下去,愿意陪我们度过即将到来的漫长雪季,你或许会从篝火中看到轮回的秘密。"

两人笑了一阵,又沉默了一会儿。"说到秘密,"邬天思忖着,昨夜发生的一切竟然如此遥远,"我救了一头鹿,比正常鹿的体型要大一些,它的嘴边还长了一圈白色的绒毛。"

贡波甲的眉毛皱了起来,他从手机里翻出一张照片让邬天辨认。

"就是这种鹿。"

"这叫白唇鹿,是国家一级保护动物。"

邬天接着说出了在这头白唇鹿后腿上发现的那处枪伤。

贡波甲立刻进入一种办案的严肃状态。他一遍遍向邬天确认受伤雄鹿的位置和救助的细节。邬天却在此时觉得舌头发僵、脑袋发昏。最后,贡波甲放过了邬天,命令两个汉子架着他,回到楼上的房间。跟在他们身后的,还有一脸担忧的白央。

　　她真的很漂亮。邬天在沉入梦乡前这么想。再往后,那两碗药汤变成了两个液体火箭助推器,顶着邬天摆脱地心引力,冲破大气层,轻飘飘地浮在外太空。

　　等到又一个清晨,当邬天神清气爽地走出客栈,迎接路过牧民的致敬问候时,他的心底升起了一种久违的归属感。

3

在磐城,只有两个季节轮番更替:雪季,以及等待下雪的日子。所谓的春夏秋冬都可以约略划入这两个季节中。

每到九月的最后几天,小傻子益西便会张大嘴巴呼吸,深呼吸,然后瞪大眼睛,只要发现有白色的水汽从嘴巴冒出,益西便拖拽着裹在身上的彩条床单,沿着马路狂奔,向小城的人们宣告雪季的到来。

小城的居民对益西颇为怜爱,他们相信,上天赠予他的是最质朴的心灵,而这,可抵得上一万个聪明的脑瓜!更有落玛尔的和尚说,益西的灵魂在不同的世界自由穿梭,他能听得懂牛马的唠叨,听得懂草木的呓语,甚至是流水与风的自说自话。正是因为这些语言如蝴蝶的翅膀一样缤纷斑斓,才使得益西常常沉默不语,疏于与人苍白空洞地交流。

与益西相对的,是那些总在迁徙的游客。他们总有看不完的风景去赶赴,总有数不清的陌生人去结识。如今,他们早已收拾好背包和相册，回到平原上温暖的故乡。只有少数外乡人留了下来，在孤单和决绝中，熬过漫长的冰封雪冻的日子。这些人要么在磐城有一份丢不下的产业，要么就是真正怀着一颗流浪的心，再远的距离都不算远，即便派他们去开发火星都会义无反顾，说走就走。

邬天不是一个流浪者，也不算拥有一份产业，事实上，邬天都无法将自己归类于某一种人。当游客们散尽，邬天便把车子停在磐城的中央广场，那里矗立着一座被称作十二魂堡的方尖塔，是磐城的制高点。他把座椅靠背放下，闭上眼睛打起瞌睡。日头慢慢爬过方尖塔顶，溢满整个车厢，温暖有如妻子乐茹的怀抱。邬天知道，乐茹的照片正夹在遮阳板内侧，几乎唾手可得。但他什么都不想做，仿佛如此时间便可以凝固，妻子也就可以永远伴在他的身边。

一阵敲击，击碎了旧梦的沉疴。邬天从加绒冲锋衣里探出脑袋。益西正咧着嘴，晶莹剔透的鼻涕挂在嘴唇上沿。邬天递去一张纸巾。益西将纸巾叠了好几层，放在鼻下贪婪嗅着。

邬天冲益西点点头，小傻子便欢快地跳上副驾驶座，半个身子从车顶天窗探了出去。邬天轻轻踩下油门，带益西沿着十二魂堡外的马路绕圈。

余光中，一辆皮卡停在了十二魂堡前，车斗的畜栏里伫立着一匹膘肥体壮的黑马。车门打开，贡波甲走向魂堡中央的方尖塔，脱去牛仔帽，默然站立，像是在祷告。

邬天也停下车，悄然走到贡波甲身后。

贡波甲说："长征那会儿，红军大部队过境磐城，不仅没有扰民，还把宝贵的西药分给了当地百姓，大家就认定红军是他们的亲兄弟。后来,有十二名受伤的红军战士在野外掉了队,被当地牧民接到磐城养伤。国民党军得知后,派了一个营来攻打。在牧民们的保护下,十二名红军战士边打边退,最后在此处用一捆手榴弹和攻上来的敌人同归于尽。1949年后,为了纪念那十二名牺牲的红军战士,当地百姓就修建了这座魂堡,地上的部分是方尖塔碑,碑面上记录了当年那段历史;地下还有墓室,里面虽然没有红军的遗骨,但还是封存了一些残留的衣冠。"

"一定也有牧民在抵抗国民党军队时牺牲了吧?"

"是的,那些牧民的墓园修在磐城的山阴后面,却把山顶留给了红军的英灵,希望这些英灵能够登高望远,看见胜利的景象。"贡波甲说,"在牧民的心中,客人才是最尊贵的,理应给予最高的礼遇,包括你在内。"贡波甲说完,戴上牛仔帽,转身朝皮卡走去。

"你是要出任务?"

"白唇鹿腿上的枪伤,得去查一查。"

"一个人能行?"

"就算把全县公安局的警察都放到雪域高原上,也只是撒胡椒面,还不如一个人,动静小点儿。"

邬天点点头道:"保重!"

贡波甲笑着,拍了拍邬天的肩膀,接着说:"白央早上给我打电话,说客栈里有名房客多日未归,她有些担心,你帮我先了解一下情况吧。"

别过贡波甲,邬天开车载着益西回到了客栈。

前台并没有白央的身影，邬天便先回到自己的房间。和往常一样，被子已经叠好，床单没有一丝褶皱。还有那些脏衣服，也都挂在窗外的晾衣竿上，散发着皂角的香味。

当初租这个房间时，只约定了每月1200元的房费和三餐供应，房间内的家务都是由邬天自己来做。乐茹病逝后，邬天逐渐疏于那些家务，整个人也像是荒草蔓长，不修边幅。

一个自由自在、无人理睬的鳏夫——邬天禁不住自嘲。

但是随着时间推移，邬天发现了一个秘密：房间内那盏为亡妻点的酥油灯之所以一直燃着，并非因为魔法或是神灵眷顾，而是有人在偷偷为油灯添油。这让邬天又重新关注起日常的点滴。他发现，整个房间回归了良性的新陈代谢：桌上没了浮尘，床下没了烟头，被自己拍死在墙面上的蚊子尸体也不见了，空气中多了丝女人的香味。

有点儿……尴尬。

后来有一天，邬天杀了个回马枪，撞见了正给油灯添酥油的白央。白央也是一愣，杵在原地。

邬天不善于表达，白央也多有羞涩。沉默间，邬天伸手去抢白央手中的油壶，白央则往后退，把油壶藏在了怀里。

邬天脸红着，连连说："别，不要这样。"

白央把油壶搁在桌上，从房间里慌忙逃走了。

邬天不晓得白央为什么这么做，更进一步地追问自己：她的好是对所有房客雨露均沾，还是只对自己好？这样的谜横亘在他和这个美丽的女人之间，无言、微妙，甚至有一点点危险的气息。

一晃神的工夫,白央出现在门前,眼神中满是忧虑。

邬天清了清嗓子说:"听说,还有个房客没回来?"

白央点点头。

"游客们都走光了吧?"

"她不是游客。"白央说,"她在磐城大概是有份工作。"

"那么,她住哪个房间?"

"我带你去。"白央说着,领邬天下楼来到客栈院内,指着后面的小楼说,"就在二层最北边的那一间。"

邬天有些困惑,眼前这栋小楼主体虽然完工了,但是外墙还没刷漆,楼梯的扶手也没有安装。

"房间的水电原先是铺好的,有灯,还有马桶。"白央看出了邬天的疑惑,"是房客主动要求搬进去住的,说是里面清静,没人打扰。"

"也是一个怪人。"邬天道。

白央点点头,介绍起这位奇怪的房客:"住在小楼里的是一个二十岁出头的女孩,去年年末搬进来的,平时早出晚归,深居简出,几乎不和人打交道。"

说话间,两人上楼来到了女孩的门外。

邬天说:"或许是在外面忙什么事情,耽搁了。"

"暴风雪那晚,她就在房间里。"白央说着,用钥匙打开了房门。

屋里只有一张单人床,一个简易的布艺衣橱,一张白色的塑料书桌,桌上散落着几本电脑软件方面的工具书,简单、中性,不带感情。唯有桌面上一头站立的雌鹿木雕，显示出某种母性的慈祥。

桌子一侧有个立式的取暖器，隐隐地还散着热气。不过，屋里的推拉窗却是大开着的。

邬天问："取暖器应该开了挺久的吧？"

"是啊，灵珑不是个粗心的女孩，她要真有事离开，会把取暖器和窗户都关上的。"

"灵珑？"

"对，'机灵'的'灵'，'珑'……呃，是那个'王'字旁的'珑'。"

"这个名字还挺少见的，你查验过她的身份证吗？"

白央红着脸，摇了摇头。

邬天扫了眼插排，看到上面还插了一个适配器。或许，桌上原本还有一个笔记本电脑。邬天暗忖。接着，他来到推拉窗前，向外探出身体，几乎一臂的距离，便是一排老旧的平房，平房的高度和出租屋有一米左右的落差。平房外侧堆积了半人高的沙子，沙子保持着完整的锥形，上面还盖了层白雪，如同一座小小的雪山。

邬天扶着窗台想了想，又折回到书桌前，大拇指轻拨书页，一张照片落在了桌面上。这是一张两男一女的合照，站在中间的自然是灵珑，左边那个年轻人正是邬天前天送去县城火车站的日本青年。右边的男青年脸生，年龄似乎更大一些，嘴角的笑容也不那么自然。

邬天将照片翻了个面，看到用马克笔写下的一行英文：One for all, all for one！

"知道灵珑是做什么工作的吗？"

白央摇摇头。

"你说暴风雪那晚,灵珑还在房间里?"

"我怕晚上会停电,就在傍晚时到了她的房间,给她送了一个手电筒,还有两根蜡烛。"白央拉开抽屉,手电筒和蜡烛静静地躺在里面。

"那天晚上果然停了电,"白央接着说,"大概是晚上十一点左右,我在前楼招呼客人,突然灯就黑了。前后检查一番后,才发现是路边的一棵枯树被风刮倒了,连带压着了电线。大伙儿就都出去,忙了大半个小时,修好了供电线路。"

"大伙儿?"

"对,就是金色大厅里的客人,那晚上聚得很齐。"

"为什么?"

"因为暴风雪啊。"白央说,"他们先是在白天把那些牦牛、山羊赶回畜栏,到了晚上就都聚到酒吧里,万一出了什么事,方便集中出动救援。"

"有多少人?"

"十七八个吧。"

邬天本想让白央回想一下这些人的名字,然后写在一张纸上,但犹豫了片刻,觉得还没这个必要。邬天将这张三人合照揣进口袋,从屋里走到了外面的走廊,停下脚步,左右看了看,问道:"二楼就住了灵珑一个人吗?"

"整栋楼就她一个人。"

"其他空房间的门锁不锁?"

"不锁。"

邬天的眼睛乜向隔壁那扇虚掩着的门，他用手指轻推门边，借着照进来的那一道光，看到了覆着灰尘的地面上有一串脚印，从门口一直延伸到毗邻灵珑房间的那面墙的墙根。

白央从后面探过脑袋："有什么问题吗？"

"没什么问题。"邬天转过身，"也许是我们多虑了，还是耐心再等待一段时间。如果等到贡波甲回城还没消息，就请他利用公安的手段再查一查吧。"

"你也是个警察。"白央的眼中有着一股劲儿。

邬天一怔，耸耸肩："那是从前，我已经辞职一年多了。"

白央张了张嘴，像是有更多的问题要问，但末了，她还是泄了劲："或许我是神经过敏了，灵珑可能真的有事走了。"

"是有这个可能，人不会平白无故地消失的。"看到白央心情有些低落，邬天只得先宽慰，又将那张合照掏出口袋，指着照片中的日本小伙子说："就是我把他送去平远县城火车站的，或许他们完成了任务，都各自离开了。"

白央点了点头，呢喃道："我总觉得灵珑就是磐城的女儿，她不应该离开的。"

4

傍晚时分,邬天把车开到磐城的西南角。据当地人说,这里原本是一座屠宰场,旅游业兴盛那些年,被改造成了旅游创意产业园,吸引了不少游客来此拍照打卡。如今,这里再次弥漫着荒芜的气息。邬天就是在这里接上那个日本人,把他送出磐城的。

决定下车前,邬天在驾驶室里待了半个多小时,他想利用片刻的安静,将脑海里的碎片拼接起来。

取暖器、推拉窗、隔壁房间的脚印、日本男青年脸上的悲伤,还有停电那大半个小时的黑暗……一帧一帧的影像飞速而过,串成一幅连贯的画面:

酒吧灯灭后,男人们出了一楼大厅,查找停电的原因。哄乱中,有人悄然脱队,来到后院,登上那座小楼……已是惊弓之鸟的灵珑显然发现了这位不速之客,也早已想好了应对之策。她打开窗户,伪造自己跳窗逃跑的假象(当然,她漏掉了那堆完好无损的沙子)。实际上,她抱起自己的笔记本电脑,躲进了隔壁的空房间,把耳朵贴在墙上,谛听着不速之客的动静……

邬天盯着三人合照中间的灵珑,这是一个明艳灿烂的女孩,仿佛上天不仅给了她一副好坯子,还许诺了她更加美好的未来。邬天摇了摇发胀的脑袋,暗暗希望,这番对于现场的重构,只是一个辞职警察的神经过敏,其中必定还有某些偏差,导致了自己的错误推断。事实上,他就是为了否定自己才来到此地,寻找可以向白央交差,从而结束此次寻人的线索。

如此下定决心后,邬天径直走进园区,来到了A座的大门前。

进门处是一块落地式的巨幅广告布幔,大大的"磬"字占据了布幔中央,字迹潇洒且遒劲。布幔的右下角,是一个被设计成印章样式的二维码。转过布幔,空间便立刻暗了下来,越是往里走,光线就越弱,空气中的血腥味儿也越来越浓。

邬天凭着直觉,向前走了大概五十米,感到脚下的触感发生了变化。突然,斜上方打下一排光,照亮了周围一小片空间。邬天这才发现,自己已经置身于一间四下都包裹着绿布的房子里。

"挥一挥手!"

邬天转过身,没看到人,倒是惊奇地发现:自己的模样已经投射到绿房子外的一面屏幕上。屏幕中,他只身一人,陷落在一道险峻的山涧中,在自己的四周,是一群龇着獠牙的饿狼。

"挥一挥手!"还是那个声音。

邬天试着挥了一下右手。瞬间,屏幕上的自己握住了一把燃烧着烈焰的宝剑。

"杀了它们!"隐身人怂恿道。

邬天瞥了眼掌心的纹路,然后将手插进了裤兜。几秒后,饿狼们一拥而上,将屏幕里的自己撕成了碎片。

所有的灯都亮了,一个扎着马尾辫、打扮时尚的中年男人从幕布后面走出,早早地伸出了手,脸上还带着笑意:"怎么样,这玩意儿挺高科技吧?"

握手的瞬间,邬天发觉对方的手上沾有血迹。邬天不动声色地问:"你是这里的老板?"

马尾辫男人摇摇头:"不,我是这里的房东,我姓骆,名天保。"

邬天"唔"了一声:"我是……"

"我知道你是谁,你是一名跑黑车的司机,住在全磐城最美丽的寡妇的客栈里。"

邬天耸耸肩,不置可否。

骆天保拖来两把椅子,请邬天坐下,用手指着周遭一圈的绿布和屏幕问:"你知道这是什么吗?"

"一种抠图的技术,拍电影用的。"

"还是大城市来的人见多识广。"骆天保竖起大拇指,"只可惜还没用多久,就闲在这里落灰了。"

听骆天保说话的语气,显然他知道自己来访的目的。邬天便没有兜圈子,直接将那张三人合照递给了他。

骆天保连看都没看便肯定地说道:"对,屋里的这些东西就是他们三人捣鼓的。"

"拍视频的?"

"准确地说，应该是做视频号，快手抖音那种。"

"都是怎么分工的？"

骆天保摇摇头："他们很注意保密，工作的时候不让别人进到这儿，在外面也绝口不提工作的内容，就连吵架也都在说外语。"

"他们吵架了？"

"是啊，否则也不会散伙。"

"为什么吵架？"

骆天保捋了捋他的马尾辫，笑着说："你问话的语气，和那个贡波甲差不多。"

邬天耸耸肩："我是替白央问的，灵珑还欠了她一笔房费。"

"看在那位美丽的寡妇面儿上，"骆天保拍了拍手，"虽然我的英语只是三脚猫的水平，但还是能听到高岩，也就是他们三人的头儿反复吼着'money，money，money'！"

"原来是为了钱啊。"邬天附和着。

"当然，合伙做生意，肯定涉及利益分配的问题。"骆天保嘿嘿笑道。

"他们三人都去了哪里？"

"泽木，也就是那个日本人，已经回老家了，是你把他送去县城火车站的。高岩嘛，听说还在城里，但是因为欠了不少钱，估计是躲起来了。至于灵珑，我就真的不知道了，她看着是个特立独行的女孩，没必要替她担心。"

"高岩欠了谁的钱，欠了多少？"

骆天保淡淡地说："欠了我的钱，不到一百万吧。"

"这么多？"

"这里的房租、水电都只是小头,最主要的,是他从我手里包下了一片草场,还买下了草场上成群的牦牛和山羊。"

"他想干吗?"

"天知道。"骆天保笑着说,"只可惜宏图大业还没起步,就散伙了。"

"他们走后,你把这里接管了过来?"

"我也就是时不时来看看。"骆天保说,"毕竟成套的设备还在这里,我不太懂,但觉得应该还能值几个钱。"

"跑得了和尚跑不了庙,对了,还有草场上那些牛羊。"

"说得对!"骆天保哈哈笑道,"实不相瞒,我刚在后面的屋里杀牛呢,高岩的牛。"

骆天保拍了拍邬天的肩膀,在布料上留下了淡淡的血迹,然后起身离开。邬天跟在他的身后。

两人绕过布幔,来到一扇铁门外。甫一打开,浓重的血腥味儿便扑面而来。借着惨白的灯光,邬天瞧见了搁在铁架子上的牛头,不是很大,圆瞪的眼睛还留有青涩的光芒。接着,他看到挂在铁钩上的牛身,肚皮已经被剖开。最后才是角落里那堆蜷曲着的大肠。

"牦牛肉,还没成年,味道绝佳,我给你割一块。"骆天保说。

"不用了,我不做饭的。"邬天礼貌地拒绝。

"那你帮我带给白央吧。"骆天保拉长声调,"那个美丽的、苦命的寡妇。"说着,他提起尖刀,从肚腩下割下一条肉,然后用几片略微发紫的树叶托住了底面,又用报纸包好,递到了邬天的手上。

邬天接过牛肉,瞧着紫色叶片粗糙的叶柄和叶脉,他大概是见过这种叶子,却一时间想不起它的名字。

骆天保插话进来:"我也没啥爱好,就爱杀个生。这头小牛,就当姓高那小子还我的利息了。"

回到A座大门,邬天突然问骆天保:"听口音,你也不是本地人?"

"来了好几年了,还在适应。"

"磐城都凋敝成了这个样子,还要坚持下去?"

"贫困只是表面的,雪域高原蕴含了无限的宝藏,我倒挺庆幸先前那拨做旅游的家伙跑路走人,把很多产业折价卖给了我。"骆天保笑着说,"我要做的,就是在这个严冬中不断积蓄力量,等待另一春的到来。不过也有人的眼光不错,比如那三个做视频的小孩儿就发现了这块宝藏地方,将高原的大美河山发布在网络上,成了拥有百万粉丝的网红。"骆天保说着,指着印在布幔上的二维码:"这就是他们做的视频号。"

邬天用手机扫了二维码,进入视频账号主页,看到头像是一个笑容灿烂的大男孩。邬天问:"另一个合伙人?"

"不,他是阿吉,我手下的员工,是借给他们帮忙的。"

"也就是说,"邬天顿了顿,"阿吉和他们很熟悉,了解他们都是怎么工作的?"

"这家伙才不会说呢,他签了什么保密协议。但是你要是想和他聊一聊,我来帮你联系,你只需要多一点点的耐心。"骆天保笑道,"你大概还不知道,这个帅小伙儿是一个结巴。"

看到骆天保翻看手机通讯录,邬天又有些犹豫了。

5

回客栈的路上,邬天扶着方向盘,本能地觉得哪里不对:是骆天保的坦诚,又或是自己开门见山的提问。

一个侦探,始终要面对的,就是做与不做,以及怎么做的命题。很可惜,在骆天保这里,邬天没有找到可以终结侦查的线索,反倒是将更多的问号塞进了脑袋。

在一个路口,邬天把车子停下,望着悬在半空的红灯。他隐约感到某种越界的风险,一种会颠覆他当下平静(说是休克状态也不为过)生活的风险。他甚至开始后悔答应帮助白央寻找房客。但当了这么多年的警察,他早已习惯了各种事与愿违的局面,也在无奈中接受了许多顺其自然的结果。

红灯变成了绿灯。

邬天在心中暗暗叹了口气,松开刹车,车子慢慢向前滑了出去。邬天也就在此刻意识到问题出在了哪里:自己已经不是警察了,自然也就不能用警察惯用的方式开展调查。这其中,不仅包括那些专属警察的技术手段,如调取监控视频、查看通话单,以及通过专门的设备分析指纹和血样等,其至连走访摸排、发展线人等一些基础侦查手段,都要有所变化。

毕竟,在磐城,他只是一个普通的异乡人。任何超出他身份的调查行为,都会显得突兀异常,然后引起讨论,并在窃窃私语中,被那些潜伏在黑暗中的人所知晓。

更为关键的是,在这个陌生的小城,他不知道自己到底应该相信谁,或者去质疑谁。事实上,他对每个人都抱着怀疑的态度,包括自己。不是因为这些被怀疑的人不够坦诚,而是因为人心,就像那个女孩的名字一样,人心都是玲珑的。

不知不觉间,车子抵达了白央客栈,而邬天也已经想出了一个简单可行且不易暴露自己的计划。

黑夜,点亮了磐城的灯火。外出放牧的牧民们纷纷归来,齐聚在白央的金色大厅内,卸下日间的疲乏与寒冷。

邬天穿过饮酒作乐的牧民,找到正在吧台后面煮茶的白央,将一个黑色硬盘交给她,说这个黑色硬盘是在灵珑窗台下方与后面平房间的夹缝处发现的,不知道还能不能用,想要借白央的电脑试一下。

白央一愣,向邬天确认了发现硬盘的位置后,神色开始紧张。

邬天宽慰道:"或许是灵珑不小心丢到窗外的。"

白央的手有些抖,试了两次,才把硬盘的数据线插入笔记本的USB接口。

硬盘没有动静,电脑也没有反应。

"大概是摔坏了吧。"邬天说。

"为什么要把硬盘扔到窗外呢?"白央沉浸在自己的思考中。

"这个你要问灵珑了。"邬天顿了顿道,"你认识的人多,帮忙打听下谁能把这玩意儿修好吧。"

白央点了点头。

"只有一条,"邬天强调,"硬盘里面的东西可能涉及个人隐私,所以,还是请人上门来修吧,这样安全点儿。"

邬天把硬盘留在了前台,然后窝进了大厅的角落,一边独自喝茶,一边点击进入灵珑等人运营的视频号。资料栏显示这个视频号是在今年年初上线的,只是大半年的工夫就发布了两百多条视频,积攒了两百多万的粉丝量,也算是小有成就。

在所发布的视频中,那个叫阿吉的俊美少男是唯一出镜,也是贯穿始终的主演。阿吉个头儿不高,身板儿也不算厚实,脸上有被日光暴晒的印迹,头发也有些凌乱,但只要笑起来,就会有一种动人心魄的力量。是的,正是他的眼睛,如璞玉般绽放着温润明亮清澈的光,仿佛通过屏幕内外的对视,灵魂便也随他奔跑在高山草甸,策马扬鞭在雪野和溪流。

和美少年阿吉的装束一样,视频账号也是干干净净的,没有留下任何所谓的商务合作或是视频带货的痕迹。在评论区,网友的每一则留言也都会得到毫不敷衍的回复。邬天一条条点看视频,欣赏,也在探索。突然间,他发现少年的腰间别着一块木牌,牌子上刻了一个"珑"字。邬天不禁莞尔一笑。

视频是在一周前断更的，没有任何解释。

白央端着酥油茶壶，来到邬天的桌前。

"不用了，已经喝了太多了。"邬天摆摆手，接着指着阿吉的头像问，"你认识他吗？"

白央点了点头："阿吉是个苦命的孩子。"

"哦？"

"阿吉家原来有一片水草丰腴的牧场，还有上百头膘肥体壮的牛羊。后来不知怎的，那些牛羊染上了胀气病，一传十，十传百，不久就都死光了。"

"中毒了？"

"送去兽医和公安局那里做过检测，但是没有结果。"

"后来呢？"

"阿吉的父母变卖了草场，进山去挖虫草去了。又没过多久，阿吉娘不小心失足，掉到山崖下面摔死了。他的父亲塔锡还常年待在林子里，因为照顾不了阿吉，便把他托付给了收买草场的老板，让他跟在老板后面打零工。"

"收买草场的老板姓骆吧？"

白央点点头。

"听说阿吉说话有点儿结巴？"

"是的，原先阿吉还是个天真烂漫的男孩，自从他跟了那个骆老板，就成天唯唯诺诺的，说话也不利索起来。"

"说说这个姓骆的老板吧。骆天保，他和县里最大的企业天舐牧业有关系吗？"

白央先是摇头，然后又是点头："这个人是个体户，挺有钱的。这两年，他花钱买了不少牧民手里的牧场，也因此占了天舐牧业的部分股份。"

"怎么理解？"

"天舐牧业为了发展壮大，就鼓励牧民将名下的牧场以干股的形式入股。因此，当骆天保买下这些牧场时，也就相当于买了天舐牧业的股份。"

"城西南的旅游创意产业园也是骆天保的，灵珑和她的小伙伴们在园区里租了一间厂房，开办了一个短视频工作室。我下午走访了这间工作室。"邬天如是说。

"有什么发现吗？"

"暂时没有。"邬天答道，"没有消息，就是好消息。"

两人沉默了下来。

过了一会儿，邬天试探着问："你似乎很关心你的房客们。"

白央脸上泛起一阵绯红，然后字斟句酌地说："这里是高原，一旦离开磐城，到了野外，不仅手机没了信号，还得面对狂风暴雪、沼泽山谷，以及各种野兽，所以彼此间必须得有个照应。"

邬天"唔"了一声："城里的人看似挨得很近，其实还是这里人们之间的关系更紧密一些。"停了几秒，邬天换了个话题，说："刚看见你在打听谁会修硬盘，有结果吗？"

白央轻声叹气："问了几个人，都说不会，明天我去街上再问问。"

邬天再次嘱咐道："记得把硬盘留在店里，不要带出门啊。"

白央点了点头，脸上又出现了一丝紧张的神色。

一直守到客人散尽，邬天才脚底拌蒜地离开大厅，似是早已不胜酒力。余光中，白央将笔记本电脑和黑色硬盘收进了吧台的抽屉，然后关闭了大厅的照明。

回到房间，邬天用冷水洗了把脸，揣着一个矿泉水瓶悄然离开客栈，躲进了门外的汽车里，龟缩身体，将手机静音，悄然观察客栈外的动静。车子没有打火，冷得像一个冰窖。夜里灌了不少茶，憋得难受，邬天就将矿泉水瓶当作了简便的尿壶（这也是过去蹲守犯罪分子时养成的习惯）。只是，拧动瓶盖的那一刻，时光也似乎发生了倒转，狩猎的习性回归到了他的血脉中。

在警队时，同事们给他起了一个外号：黑猫。不是黑猫警长，就是黑猫，那种丢进黑夜里，根本就看不到影儿的动物。也正是出于这个特点，每每化装侦查时，邬天都是首推人选，他甚至多次作为卧底，潜入犯罪团伙，连着数个星期，甚至是两三个月，不能和家人有任何联系。

后来，"黑猫"这个外号被乐茹知道了。那是在刑警中队长儿子的满月酒席上，当中队长举着酒杯劝"黑猫"不醉不归时，乐茹当即反驳："为什么是黑猫，是诅咒他没有好下场吗？"现场有些尴尬。战友们不知道的是，就在一个月前，乐茹再次意外流产了。但凡邬天多考虑一分妻子的感受，都不应该带她来参加这场喜宴……

为了不让车窗起雾，邬天抑制着呼吸，也压抑着对于往事的回忆，不知不觉间，便挨到了凌晨三点半。

发动机的轰鸣搅动了一天中最为黑暗的时刻。一辆高头大马的公路赛摩托车停在了白央客栈外。骑车的男子戴着头盔,腿有点儿瘸。只见他四下张望一番,便挑开客栈门闩,消失在门后。十分钟后,男子离开客栈,跨上摩托车快速离去。邬天等了一分钟才启动车子,熄灭灯光,缓缓跟了上去。

磐城是一座建在山坡上的空中之城。整个城区如同一株欲放的花苞,十二魂堡位于花苞的尖尖,往下层层叠叠的,是如花瓣一般的楼房与街道。白央客栈所处的风情街地势相对较高,从街口向下俯瞰,小城的面貌大部收于眼中。邬天望向窗外,只见摩托车的灯束蜿蜒向下,快到山底时,灯束突然间被黑暗掐灭,久久不再亮起。

车子驶近后,邬天才发现摩托车消失在前方的一座废弃砖厂里。他将汽车停在一幢废弃的拆迁屋后,步行进入砖厂向外延伸的穹顶甬道内。虽然没有光,但视觉以外的其他感官却十分敏锐,在邬天的大脑里拼凑出一幅画面:成千上万块砖头随意码放,黏糊糊、酸溜溜的,就像是成千上万个骷髅。而一口口漆黑的窑洞,张大了嘴,像是喝完了血、吃完了肉,却被难啃的骨头卡住了嗓子眼儿……

邬天在黑暗中摸索前行,拐过一个弯,发现前方有光,还有吵闹声。邬天压着脚步,慢慢靠近,上半身在墙上投下愈来愈深的身影。突然间,一个又高又壮的男人突然堵住了前路,摇摇晃晃,满嘴的酒气都喷在邬天的脸上。邬天原地站住,憋了个饱嗝儿,转身面壁,褪下裤子,开始放尿。壮汉咕哝了一声,转过身也开始撒起尿来。像是要争个胜负似的,壮汉顶紧了腰部赘肉,把尿液滋得哗哗作响。末了,壮汉抖了抖裤裆,又含糊地骂了一句,大概是抱怨他在牌桌上的臭运气。

邬天拍了拍男人的肩膀以示安慰，然后肩并肩，走到了壮汉的外侧，影子也和壮汉的影子重合。他们路过一间间赌战正酣的窑洞，一直快到尽头，壮汉才折身进入最为喧嚣的一间。邬天则继续向前，一直钻出甬道，来到窑厂后院，看到两间正亮着灯的房间，那辆公路赛摩托车停在院子中央。

邬天不敢再冒险，他翻上了砖窑顶，匍匐在上，悄悄观察房间里的动静。十多分钟后，左边房间的门开了，有人从里面走了出来。借着这个屋内的灯光，邬天瞥见有人在用验钞机点钱，那名骑手正在接听电话。不一会儿，他一瘸一拐地走出房间，又拉开右侧的房门，把手机贴在了盘腿坐在地上的一个男青年的耳边。

邬天细细辨认，认出这名男青年正是高岩——灵珑创业的合伙人。高岩刚要急切地说话，手机便被拿开了。瘸腿骑手先是摊摊手，一副无可奈何的姿态，然后便左右开弓，扇了高岩好几记耳光。接着，骑手回到院子，跨上摩托车，掉头消失在了砖厂的甬道尽头。

邬天一边谛听甬道的动静，一边在心中盘算着时间、路线，当然，最为重要的是接下来行动的步骤以及可能导致的结果。最终，他下决心要把高岩救出来。

可就在邬天准备行动时，口袋里的手机发出嗡嗡的振动声。邬天有些困惑，掏出手机，看到屏幕上有一条新短信。打开，是以106开头的一串陌生号码，下面只有简短的八个字：停止行动，原路返回。

6

邬天心中一惊，明白自己正置身于一场螳螂捕蝉、黄雀在后的狩猎中。关键的是，那只隐身的黄雀——是敌还是友？

发动机轰鸣声由远及近，公路赛摩托车杀了个回马枪，回到了院内。

邬天没再停留，悄悄溜出砖厂，驾驶车辆径直开出磐城，确认手机没有信号后，才驶离主干道，钻入了一片桦树林中。

借着逐渐亮起的天光，邬天开始对车辆彻头彻尾地检查，先是底盘、轮胎、排气管；然后是引擎、水箱、后备箱；接着是驾驶室内的座位、空调出风口、遮阳板，还有中控屏后的各种线路。邬天曾参与过缉毒行动，知道车里面可以藏东西的地方多了去了，更何况是小小的跟踪定位装置。

整整一个上午，邬天都在拆解、搜寻，却还是没有任何发现。临近中午，邬天坐在引擎盖上，望着远处的雪山，陷入了沉思。又过了会儿，一辆皮卡汽车载着黑色骏马向磐城驶去。邬天跳下引擎盖，将汽车零件全部归置到位,也开始往回开。

临近磐城时,驾驶台上的手机发出一连串振动,邬天瞄了一眼,都是白央的来电提醒。邬天起先没有在意这些来电提醒,但当他被红绿灯堵在一个路口时,他的心思动了一下,意识到那个隐秘的信息接口到底在哪里了。

刚进客栈门,白央就拦住邬天,说是抽屉里的那块黑色硬盘不见了。

邬天让白央不用担心,称自己托人把硬盘送去平远县城维修去了。

白央告诉邬天,贡波甲已经结束任务回到磐城。

邬天听出了白央的言下之意,表示会把灵珑的失踪和他这两天的调查情况向贡波甲报告。接着,邬天借口要补觉,径直回到房间,把手机放在桌上,凝视着,盘算着。他的第一个念头是把手机中各种应用软件的密码全部换了。但这个念头只是一闪而过,便被自己否定了——怎么能浪费这么一个好机会呢?

邬天开始了一系列操作。他先用手机订了一张回老家的火车票,软卧的,就在转天。然后,他打电话给磐城的兽医,请求他明天开车去往县城时,让自己搭一回顺风车。兽医问邬天他的车怎么了,邬天说车子太旧不想开回老家,还委托兽医帮他寻找下家,价格好商量。

做完这一切,邬天环视房间,心中突然升起了一丝落寞。他推开窗户,看到雪山顶正隐没在一片浓雾中。其实,走了也就走了,邬天这么想:一了百了,了无牵挂。

邬天举起手机，对着浓雾拍了一张照片，上传到朋友圈，并用文字备注道：再见，永远不见！

到了晚饭时间，院子里飘来了烤肉的香味。牧民汉子们寻着肉香来到客栈，看见白央架起了篝火在烤全羊。白央抬头，瞥见了窗边的邬天，一瞬间，竟无语凝噎。邬天明白，她大概是看到自己发的表示离别的朋友圈了。而这顿烤全羊，应是离别的晚餐。

羊肉还没烤熟，邬天就已经醉了。或者说，他是主动将自己灌醉的。这样一来，他便可以躲过白央的欲言又止，也可以让自己沉浸在一种离愁别绪中。在酒精的催化下，小院的氛围慢慢进入了高潮。男人们围着篝火唱起了歌，跳起了舞，还有人举起手机，开始发抖音、快手或是朋友圈。这引得更多牧民来到小院，加入了这场狂欢，以此对抗即将到来的漫长雪季。

没有人说再见，空气中洋溢的都是祝福的调调。接着，有人用川西北的方言唱起了民歌，先是一连串高亢的呼唤，接着便是低声的呢喃。所有人都安静下来，仿佛一个人的快乐就是所有人的快乐，一个人的悲壮也是所有人的悲壮。渐渐地，有人跟着吟唱起来，歌声随着毕毕剥剥的火星飘向天空，一闪一闪的，如同挂着航灯的小船驶入无尽夜的海洋。

有人将手机拿给邬天看，屏幕上是这首歌曲的汉译版。歌词很简单，简单到令人鼻子发酸：

太阳西沉，

星星爬升，

云在翻滚，

翻滚啊，翻滚。

去吧，我的朋友，

留我在这儿。

无论春夏，

无论秋冬，

不要害怕，

去吧，我的朋友。

留我在这儿，

留我在这儿

…………

醉醺醺的邬天被人架着回到房间，瘫倒在床上，耳朵却同时竖了起来。他能听见众人离开后，白央的脚步还在门外徘徊，几分钟后，走廊才彻底安静下来。

邬天起身，进入洗手间，对着镜子扪心自问：是自己曲解了白央的善良，或是她还有其他理由，给予自己超乎萍水相逢的关怀？

等到他洗完脸，离开洗手间，手机响了。听筒里是一个礼貌但有些冰冷的女声："我们已经做了特别安排，明天办公时间，你带上身份证，到值班室找保安，就可以登记领取了。"

邬天一愣，问道："领取什么？"

女人提高音调，反问道："你是要反悔吗？ 这可是请示领导同意的。"

"稍等一下,我想问一下,你们是什么单位?"

女人明显在压抑自己即将爆发的脾气,却使得声调更加的尖厉:"我们是平远县殡仪馆。"

电光石火中,邬天明白过来女人在说些什么,他的回应显得有些丢盔卸甲:"哦,对不起,我没有存你们的电话,您是说去取我妻子的骨灰吧?真对不起了,我这边计划有变,骨灰还是先暂时寄存在灵堂吧。"

"你不是说要赶车回老家吗……"

"真是不好意思,给你们添麻烦了。"

"你这人,真不靠谱!"女人居高临下,丢下了这句话,正准备挂断电话,邬天赶忙追问了个问题:"刚才帮我提出请求的那位女士……"

邬天在此刻顿了顿,电话那一头并没有提出反驳。

邬天接着说:"那位女士现在的手机联系不上了,我想知道,她是不是用其他号码给你们打的电话?"

"我们用的是座机,不带来电显示功能。"女人用硬邦邦的口气,硬邦邦地将话筒摔在了座机上。

邬天把手机放回桌上,头脑急速转动。他明白,如自己所料,在这个巴掌大的通信工具背后,的确藏着一双眼睛,一双女士的媚眼,窥探着自己的一举一动,任何事都瞒不了她。

只是,这个她是谁呢?白央,抑或是另有倩女幽魂?

邬天揉了揉太阳穴,集中思绪。其实,在下午故意布置离开磐城的疑阵时,邬天也曾想过提前联系殡仪馆申请取走妻子的骨灰——毕竟演戏就要演得真一点儿。但最后,邬天还是放弃了,他不忍心打着妻子的名义去编织一个谎言,即便是为了正义的目的。可就这一点小小的疏漏,却被那双隐在幕后的眼睛识破了。

手机屏幕突然亮了,十来条彩信涌了进来。发送者依然是那个106开头的陌生号码。邬天点开一条彩信,看到了一张裸露着上半身在健身的男人照片。邬天认得这个男人,他的网名是"纯净的海",是妻子乐茹的秘密情人。邬天强忍着胃里翻滚的酒精,陆续点开了剩下的彩信,重又看到乐茹生前和这个男人的部分聊天记录……

乐茹病逝后,邬天在清理遗物时,从她的手机里发现了这段秘密情史。去年秋天,就在乐茹的白血病病情从慢性转入急性后不久,乐茹慢慢放弃抵抗,变身成了一条漂泊的小船,航行进了这片"纯净的海"。邬天难以想象,在现实世界中越来越无话的妻子,在网上居然对"纯净的海"敞开心扉,毫无保留,内容除了有关于病情发展和治疗情况的,更多的是家庭生活的那些细碎,包括对于邬天只忙工作不顾家庭的各种埋怨。甚至有一次,乐茹还将几乎半裸的照片发给了这个"纯净的海"。贫瘠的乳房,几乎透明的皮肤,还有充斥着希望和绝望的眼神,不只让邬天的心产生刺痛,更让他泛起了难以发泄的醋意。

后来,乐茹病情越来越重,骨髓移植的希望也极为渺茫。在这种左突右冲也无法摆脱的困境下,乐茹向邬天提出要自驾穿越全国的打算。妻子亲自设计了路线,邬天索性也向单位打了辞职报告,两人一同踏上了这趟没有归期的旅途。

在旅途中，邬天无微不至，他自知妻子时日无多，便希望通过这次旅行，弥补这么多年忘我工作而欠下的那份陪伴……可临到最后，邬天才在聊天记录中得知，乐茹之所以踏上这趟旅途，还是"纯净的海"在网上聊天时不断鼓励怂恿的结果，这个男人甚至希望能在路途中和乐茹来一场幽会……

整理完妻子的遗物，邬天大哭了一场，然后便迷失、不知所措。他本可以求助于警队老战友们的技术手段，查清这个"纯净的海"到底是何许人，他甚至可以接管乐茹的微信号，直接质问"纯净的海"和妻子是什么关系，但到了最后，邬天什么都没做。而随着时间的推移，亡妻留下的这个秘密，像是一个越来越大的黑洞，吞没了他的理智和力量。为了不至于彻底陷落，他将乐茹的骨灰寄存在县城殡仪馆的灵堂里，一个人躲回磐城，继而被困在这里，退不回去，也无力前行。

在日复一日的苟且中，那份怀疑和刺痛，如同风蚀的山岩，开始一点点钝化。或许终会有一天，邬天这么想过，他会和这份秘密和平相处。只是，冷不丁地，这双隐在背后的眼睛居然也窥见了这份秘密，逼得邬天不得不重新打起精神，恢复猎人的本能。

就在此时，手机又发出了一串振动，还是那个106开头的号码，短信只有四个字：结束？继续？

邬天想都没想便回复道：继续。

又过了片刻，一条新彩信抵达了手机信箱。

7

　　清晨,邬天走进客栈厨房,想给自己弄点儿吃的,正好撞见眼睛红肿的白央。邬天用手在鼻前扇了扇风,掩饰心中的尴尬:"烟道堵了吧,过些天我帮你通一通吧。"

　　白央怔了片刻,问道:"过些天?"

　　邬天点点头:"你想什么时候都可以,反正也很闲。"

　　白央的脸上这才泛起了喜悦的神色。

　　邬天侧过身,掀起锅盖,从箅子上抓起两个糌粑,又从冰箱里取出一瓶鲜牛奶,哼着昨晚的小调,摇摇晃晃离开厨房,留下一个宿醉初醒的模样。

　　大厅里,贡波甲正埋头吃饭。邬天走上前去,坐在了他的对面。

　　贡波甲喝光碗里的酥油茶,有些不满道:"昨晚的全羊宴也没赶上。"

　　"不好意思,让大家白欢送一场了。"

　　"你要走?"贡波甲的表情有些吃惊。

邬天反问："没人告诉你吗？"

贡波甲摇了摇头："不过，听你刚才的话，是你又打算留下了？"

"有些事情还没办完，再等等吧。"

贡波甲笑了："对啊，雪域高原还有许多神奇的故事你都没听呢，怎么舍得走呢？"

"为了烤全羊，我也不舍得走啊。"邬天说，"那头白唇鹿，你找到了吗？"

"找是找到啦，但是费了好大的劲儿，差点儿没被那家伙用鹿角给我顶个透心凉！"

"怎么回事？"

"麻醉枪用的剂量不够。等到给它绑蹄子的时候，它突然反抗了一阵。"

"我救它的时候，它还挺温顺的。"邬天说。

"或许是嗅到了我身上的火药味吧。"贡波甲说，"毕竟我还带着枪呢。"

"你是怎么找到那头鹿的？"

"足迹、粪便、望远镜，有时候还向牦牛、山羊打探打探消息。"贡波甲笑着说，"和城里的警察差不多，都是走访调查，然后发现蛛丝马迹什么的。"

"发现盗猎者了吗？"

"暂时还没有，不过我也请牧民们帮我留意了，一旦发现有疑似盗猎人员，要他们第一时间和我联系。"

"野外没有手机信号吧？"

贡波甲从腰间解下两截短粗的圆柱体,解释说:"这是我发给牧民们的烟花,遇到盗猎贼就放一支,和信号弹差不多。"贡波甲顿了顿,接着说:"我有种直觉,那伙人不是冲着白唇鹿群来的,他们应该另有目的。"

"为什么这么说?"

"盗猎贼一般不会在公路附近动手,他们会尾随跟踪鹿群到西隆山,等到鹿群穿越垭口时再集体屠戮。那里是无人区,距离遥远,难以被发现。"

"也许是哪个过路的冒失鬼,忍不住手痒痒了。"邬天说。

"希望是吧。"贡波甲的口气不太自信。

"那头受伤的白唇鹿呢?"

"被我送到磐城外的落玛尔寺去了,由寺里的僧人照顾。等它完全康复了,再送回野外放生。"

"僧人还干这事?"

贡波甲咧嘴笑了,一口牙白净整齐。他说:"庙里的僧人有好生之德,他们不仅帮着照顾受伤动物,还组成了义务巡逻队参与反盗猎和反盗伐林木的巡护工作。"

贡波甲说着将手机递了过来,让邬天看那张寄养在寺庙里的白唇鹿的照片。接过手机的瞬间,邬天有一种冲动,或许,他可以借着宿醉未醒的模样,误点进贡波甲的短信信箱,看看里面是否有106开头的短信记录。但随即,这份冲动被另外一个完全相反的想法给取代了——他决定将昨晚最后一条彩信照片展示给贡波甲。

照片上是一座被烈火吞噬的庄园,以及一个在照片右下角标注的时间：2000年1月1日。

贡波甲抬起头，眉头紧皱："你是怎么弄到这张照片的？"

"你曾经见过？"邬天反问。

贡波甲用手指着照片说："我认得这面影壁墙，就在申屠家老宅子进门的位置，中间突出的是一个石狮子的脑袋。"顿了顿，贡波甲又说："这幢老宅子，就是在照片上的这个时间，千禧年第一天的凌晨被烧毁的，那时我也才刚入警两三年。"

"那么，这张照片是谁拍的？"邬天接着问。

"听说是一个云游到此地的医生拍的。他先是把照片发到了本地的网上论坛，后来这事又被电视和报纸给报道了，所以才有许多人知道。"

"火灾时，你也在现场吗？"

"不，那几天为了集中力量对付一伙盗猎分子，磐城所有的警察都去十二道梁子蹲守去了，一直等到火灭了两天后才赶回磐城。"

"火灾是意外事故，还是人为纵火？"

贡波甲摇摇头："这事就没有个定性，加上宅子主人申屠家也没有追究，所以火灾的原因就没有真正搞清楚过。"

正说话时，白央将两个剥了皮的白煮鸡蛋分别放到邬天和贡波甲的盘子里。贡波甲开玩笑道："这鸡蛋可比烤羊蹄香多了。"

白央抿嘴笑，没有答话。就在白央转身回厨房时，贡波甲把火灾的照片给白央看了，问她当天晚上在不在现场。

"那一晚，几乎所有的磐城百姓都参与了灭火。"白央在椅子上缓缓坐下，想了几秒后说，"那时我还在上小学，写完作业后，很早就睡觉了。大概到了午夜，有人在后窗喊失火了。我打开窗，看到一个个飞奔的身影，还有更高处被烧红的天空。我的父母已经起床，衣服都没穿整齐就提着水桶冲出了门。他们走后，我睡不着，就悄悄跟着人群往最高处的十二魂堡跑。可跑到近前才发现，着火的是魂堡后面的申屠家庄园，当时叫沧浪阁，对吧？虽然魂堡暂时安全，但大家也没有袖手旁观，而是从上到下排成了好几列，传递着水桶给沧浪阁灭火。不过火势太猛，供水系统也出了问题，这座庄园最后还是被大火烧毁了。"

"为什么要排成列传递水桶呢？"

"失火的那一晚有零下二十多摄氏度，水管都冻上了，大家就只能把十二魂堡外两个人工水池的冰砸破，从里面取水。"

"这么做，也就意味着一旦大火蔓延到十二魂堡，就没有灭火的水源了。"贡波甲插话道，"要知道，魂堡对于本地人的意义要远大于那座大宅子。"

"听你的口气，好像当地百姓不是很喜欢那个沧浪阁。"

"甚至是深恶痛绝。"贡波甲强调道，"有人说沧浪阁修在魂堡的后面，不仅把磐城的运势给挡住了，更是压住了埋葬在魂堡下面的那些英灵的浩然正气。"

邬天严肃地点头表示理解，继而又问："那场火灾有没有造成人员伤亡？"

"伤亡是没有，"白央答道，"倒是有个女人失踪了，她是申屠家大儿子申屠云文的老婆。"

"失踪的女人叫什么名字？"

"林珑。"贡波甲脱口而出。

"什么?"邬天以为自己的耳朵出了毛病。另一边,白央的脸也突然变色,眉毛先是揪在了一起,然后才缓缓地解开。"我明白了,为什么我总觉得灵珑是磐城的女儿。"白央抬起头,看着邬天道,"对的,那个在火灾中失踪的女人,她的名字就叫林珑,双木林,王字旁的珑,和灵珑是同音。"

这下轮到贡波甲疑惑了:"灵珑,林珑,你们到底在说谁?"

接下来,邬天将几天前在暴风雪夜中失踪的灵珑的情况告诉了贡波甲,重点突出,言简意赅,省去了很多细节,特别是隐匿了那双隐藏在幕后的眼睛——他不想面前的两位对自己的秘密产生过多的兴趣。

贡波甲思考片刻,小结道:"也就是说,这个女孩很有可能谐音了她母亲的名字。"

"你可以到公安人口信息系统里核实一下。"邬天提醒道。

贡波甲立即起身到院子里拨打电话,大概是联系远在县公安局的同事去了。几分钟后,贡波甲带回了确定的消息:"林珑的女儿叫作申屠灵,是'机灵'的那个'灵'字。"说着,贡波甲点开手机,展示了申屠灵的户籍照片,正是三人合照中灵珑的样子。

邬天先是看着贡波甲,接着又瞥了眼陷入沉思的白央,然后将目光转移到酥油茶壶上。贡波甲心领神会,他举起茶壶,借口要白央再煮一壶茶,支开了这个女人。剩下的便是警察与警察之间的对话。

贡波甲说:"你之所以没离开,是想查清申屠灵到底去了哪里,对不对?"

"这是一个原因。"邬天答道。

"还有其他事？"

"一点儿私事，现在还没理清楚，咱们还是回归正题吧。"邬天建议道，"那么，二十年前当妈的林珑，二十年后当女儿的灵珑，她们俩的失踪，中间有什么联系吗？"

贡波甲说："刚才同事通过查询，告诉我这个申屠灵是去年年底才从国外回国的，然后来到了磐城，想必她是带着某个目的来的。"

"我想是的。"邬天点点头，接着又把申屠灵出租屋里的那些痕迹，还有已经离开磐城的日本青年泽木，和身陷赌博团伙的高岩的情况都告诉了贡波甲。

"你刚才提到那个骑摩托车的瘸子，是赌场里一个不入流的角色，平时就是给赌场放放风，干不了什么大事。我想，真正的黑手还是另有其人。"贡波甲沉吟片刻，接着分析道，"我想是有一伙人盯上了这三个从外地来磐城创业的年轻人。他们抓住了高岩，逼走了日本人，致使申屠灵有所警觉，主动找地方藏了起来。可是，他们要从这三个年轻人的身上寻找什么呢？"

"当务之急，还是得找到申屠灵，然后才能回答你的问题。"邬天说，"我希望你能通过监控视频，先搜索一下申屠灵失踪当晚的轨迹。"

"磐城的公安监控服务器已经停机了，全城就两百多号人，上面大概觉得不值得。"贡波甲有些尴尬地笑道，"当然，我在磐城待了二十多年，对这里的一切都很熟悉，就在刚才，我想起一件事，或许和申屠灵匿名返回磐城有关。"

"什么事情？"

"其实是一则流言，说是当年那场纵火失踪案的真凶就是沧浪阁的主人申屠云文，也就是申屠灵的父亲。"

"这就很有意思了。"邬天摸了摸下巴，"那么申屠灵匿名潜回磐城，有没有可能是和那件火灾案有关，比如寻找她父亲的罪证，又或是为她的父亲洗刷冤屈？"

"证明有罪和洗刷冤屈是一回事，就像是硬币的两面。"贡波甲答道。

邬天点点头："这个申屠云文现在在哪里？"

"他又重新建了一幢宅子，就在磐城郊外，据说他已经好些年没从宅子里面出来过了。"

"听你这么说，这个申屠家在磐城的势力不小。"

"应该说是低调的富豪。别说是磐城，整个县里一大半的牧场都由申屠家的天舐牧业在管理，他们还在县城建了一家奶业公司，年产值上亿元。磐城留守的这些牧民也大多是申屠家的雇员。"

"单靠那个深居简出的申屠云文？"

贡波甲摇摇头："火灾以后，申屠云文就把全部产业交给他的弟弟申屠云武打理了。"

"我们能见一见这对兄弟吗？"

"我看够呛。"贡波甲说，"不过我们可以联系一下老周，他和申屠家关系密切，他的小楼离这儿也不远。"

8

老周的小楼位于磐城的半山腰,在一条悬铃木排列两侧的小路的尽头,和其他居民区都不挨着,颇为僻静,像是某位隐士的居所。

说是小楼,实际是这处别墅的名称。院门两侧有两块木质的楹联,上书:躲进小楼成一统,管他春夏与秋冬。院门开着,一辆老款黑色牧马人停在院子中央,虽然车头处多有刮擦,还是给人一种钢筋铁骨之感。一位套着卡其色马甲的老人从车后缓步转了出来,手里端着一个插满了向日葵的花瓶。

老人说:“据说今年冬天会有很长一段时间的极寒天气。”

“再冷的天气你都能熬得过。你的骨头比牦牛还要硬气。”贡波甲说完,为邬天和老周彼此做了介绍。

“这是你在磐城的第一年,应该很难过吧?”老周问邬天。

邬天耸耸肩:“和高原反应一样,适应适应也就习惯了。”

老周点点头:“磐城就剩下这几百号人,大家抱成团来,就能熬过各种艰难的时刻。”

邬天问："我很好奇，这样阴冷的天气，你是怎么种出向日葵的？"

"我在后院建了座温室大棚，智能控制，里面四季如春。"老周停顿片刻，收回有点儿骄傲的语气，"我知道你们来此的目的，所以温室大棚还是等到以后再参观吧，我先带你去看一座废墟里的花园。"

老周拉开牧马人的车门，请贡波甲和邬天上车，然后开车一路盘旋向上，一直开到十二魂堡广场背面的一片废墟前。

望着断壁残垣和各种疯长的藤蔓，邬天问："这里就是申屠家二十年前被焚毁的庄园吧。"

贡波甲答道："是的，虽然沧浪阁被烧成了废墟，但这块地还是申屠家的。为了报答当地百姓参与救火，申屠兄弟俩就做了好事，把这里改造成了一个巴比伦式的空中花园，这花园还一度成了热门的旅游景点。但随着磐城经济的凋敝和人员的持续外流，这里终究还是荒废了下来。"

老周说："虽然当年的犯罪现场被破坏得差不多了，但是故地重游，两位侦探或许会有一些不一样的认识。"

贡波甲说："也不一定是犯罪，或许真就是一场火灾事故。"

"在所有磐城百姓的心里，这里就是犯罪现场。只要这片废墟还在，就留有破案的希望。"老周的眼里闪着光芒，"我想，灵灵此番回到磐城，也是为了弄清楚过去的真相吧。"

邬天问："你已经知道申屠灵回到了磐城？"

"申屠云文和申屠云武哥儿俩早就知道了这件事，但是由于申屠灵回来后没有主动联系家人，大家也就暗地关注着，并没有去惊扰她。只是没想到,一晚上的工夫,申屠灵就从眼皮子底下消失了。"

贡波甲开门见山地问:"你觉得申屠灵是怎么失踪的?"

"听说她和她的小团队遇到了一点儿债务方面的麻烦。"

贡波甲问:"会不会是被赌博放贷团伙控制了呢?"

老周摇摇头:"欠下赌债的是高岩,又不是申屠灵本人。"

贡波甲又问:"有没有可能,申屠灵躲到她的父亲那里去了呢?"

"申屠灵没有上门去找过他,他们父女之间的感情有点儿生疏和微妙。"老周欲言又止。

"是因为她母亲林珑失踪的事情吗?"

"我猜测申屠灵就是为了这件事情回来的,再过两个月就是她母亲二十周年的祭日了。"

邬天冷不丁地插话道:"当时的定性是失踪,不是死亡吧?"

贡波甲解释道:"按照规定,失踪两年后,申屠云文申报注销了林珑的户籍。"

老周强调道:"只是法律意义上的死亡,她还是有可能活在这个世上的。"

三人默然片刻,老周从工具箱里摸出了一个手电筒:"分析来分析去,还是得靠实地调查去验证。申屠灵失踪后,我也到处去找了,结果在这片废墟花园里发现了一些可疑的痕迹。咱们还是抓紧时间,要走很长一段路的。"

说完,老周下了车,扶着倾斜的树干和枝蔓,踏进了废墟花园里。邬天和贡波甲对视一眼,跟在了这位老人的身后。

走了一阵,邬天被脚下的瓦砾和湿泥牵绊着,跟不上脚步,只能望着前方两个晃动的背影心生感慨。勉强翻过一道房梁后,邬天看到老周和贡波甲站在一小片林间空地上, 空地的中央是一口枯井,井口与地面平齐,边上还有一个被苔藓糊满的窨井盖。

"秘密就在里面。"老周说着,弯下腰,攀着井壁里侧的铁梯往下爬。贡波甲犹豫了片刻,也下到井里,接着便是邬天。天空越来越小,也越来越亮,渐渐缩小成一块圆形的钻石。脚下,则是深不见底的黑暗。邬天有些恍惚,生出某种梦境般的幻觉,整个人也开始发懒。突然间,一道光投射在邬天的后脑勺。转过身,才发现贡波甲正站在井壁向内开凿出的巷道里冲自己挥手。

邬天松了口气,跳进了巷道内。老周冲两人点点头,继续打着手电在前面领路,贡波甲和邬天紧随其后。巷道高不足两米,宽不够两人并排,方向大致是一路向北,缓坡向下。

大概走了五分钟,光束发生了90度转弯,三人进入了一个新的地下通道内。这个通道更高也更宽,足够一辆厢式小货车通行。墙壁上每隔一段还嵌入了一盏壁灯,只是灯罩早已破烂不堪,灯泡也没有一个能发出亮光的。

"这里,是磐城的人防通道吧?"贡波甲的语气不太肯定。

"是的,"老周说,"这条地道有年头儿了,最早是清末民初当地牧民为了抵御外敌修建的,男人们在外面战斗,女人和孩子就藏在地道里。1949年后,磐城郊区有座荒山曾作为驻地部队打靶的场地,因为郊外常有雷暴天气,炮弹炸药就都存放在地道里面,但那也是二十世纪六十年代的事情了。如今这条地道已经荒废了几十年。磐城知道这条地道存在的人本来就不多,能找到进口和出口的人就更少了。"

"咱们下来的那个井口……"贡波甲问。

老周笑道:"那是申屠家独辟的蹊径,是他们家族保守的核心秘密。"老周话说了一半,就大步向前走去。

邬天跟在老周身后,借着手机的灯光,观察通道内的状况:碗碟的残片、报废的弹药箱、破烂的衣服,还有几乎无处不在的碎酒瓶渣子。邬天捡起一块贴有标签的瓶片,看清了上面的品牌。邬天暗忖,这个牌子大概还是在自己上小学那会儿见到过。

就这样前行了一个多小时,老周停下脚步,向前抻直双臂,呼吸也开始加重。不一会儿,光亮从一条缝变成了一整面。

老周回过身,整个人沐浴在午间的阳光下,他宣布:"我们已经出了磐城了。"

邬天从地道里钻出,回头仰望,发现磐城已是一处高高在上的所在,自己所处的位置则是在山脚下。

"也许你们会问,为什么我要把你们带到这里来。"老周说着,从洞口摸出一条花条纹的床单,"这是我在此处发现的,你们应该见过。"

邬天看着床单,想起了白央家的小傻子益西。

老周打开手机,给二人播放了一段视频。在这段视频中,小傻子益西裹着花条纹床单,奔跑在漫天风雪的街道上。不一会儿,益西出现在十二魂堡的广场前,再下一个画面,他便隐没在了那片废墟花园里。

邬天说:"这个裹着花床单的,不是益西。"

"暴风雪的那天晚上，为了安全，益西被他的母亲白央锁在了屋子里面。"老周补充道，"为了确保信息的准确，我专门问了益西，他说他把这件最爱的'花飞毯'送给了灵珑大姐姐。"

贡波甲接过床单，翻来覆去看了个遍，感慨道："这条床单既可以遮风挡雪，也可以暗度陈仓。"

邬天说："你认为申屠灵从此处逃离了磐城，去往了安全的地方？"

老周点点头："转过这片山口，就是从磐城北去的道路。我调取了附近一个安在牧场外围的监控视频，发现申屠灵在第二天清晨搭上了一辆货车离开了磐城。这是视频截图。"

照片是在距离很远的地方拍摄的，白衣的女子只占据画幅很小的部分，几乎看不清面容，只能辨认出她冲一辆迎面驶来的货车伸出了手。

贡波甲有些费解："就这么走了？为什么走啊？"

"或许是感到了威胁，先暂时躲一躲。"邬天说得有些漫不经心。

"又或者，她已经得到了她想要的答案。"老周抬起头，极目远眺。

顺着老周的目光，邬天看到一处半隐没在雾霭当中的庄园，他以为自己是看到了海市蜃楼。贡波甲却拍了下脑门儿："原来这里距沧浪阁不远啊。"

"沧浪阁？被烧毁的那座？"邬天问道。

"不，是重建后的沧浪阁。"老周笑道，"咱们加快点儿脚步，应该能赶上园子里开午饭。"

9

三人加快步伐,沿着公路走了约有半个小时,来到了这座重建的沧浪阁外。

整座庄园修建在一个小山坡的顶上,和远处更高的十二魂堡既遥遥相望,又彼此冷漠隔绝。宅子虽大,门却很小,窗户也很小,如同一方方炮眼,给人一种时刻枕戈待旦的感觉。铁门上方悬着一道乌黑的牌匾,牌匾上却没有一个字,像是在和来客打哑谜。老周在防盗门上输入了一串密码后,门打开了,老周把邬天和贡波甲请进了园内。

绕过石屏,庄园呈现出另一番模样:假山、碑廊、佛龛、水塘,还有各种葱郁的常绿植物,淹没了散落其间的一栋栋仿古建筑。老周放慢脚步,领着邬天和贡波甲在曲折的小径中七转八折,不觉间卸下了一路的风尘,最后来到了一处水榭亭台,请两位客人在一张八仙桌前坐下。

亭台的前方是一汪荷塘,荷叶全部落尽,水面也已结冰,但水下还是能看到逡游的锦鲤。八仙桌的后面是一座五米多高的方尖石碑，大半面留白，小半面密密麻麻刻着篆文。贡波甲把眼睛贴上去，想看清这些篆文的内容，嘴皮翕动了几秒，便卡了壳。

老周介绍道："这上面记录的是申屠家的家族历史，从明朝在上海松江为朝廷织棉布开始记录，后来清朝的铁骑南下，申屠家先祖随南明小朝廷九死一生，侥幸活命，返回故土重操旧业，又经清末对外开埠，积极参与官督民办，兴盛实业，然后是抗战期间随国民党军队迁往武汉，后又去往重庆，再往后就迎来了解放，家族已经是树大叶茂。这其中就有一支响应国家号召，奔赴西部高原开发农牧业，历经两代人努力，办起这家天舐牧业公司，不仅家业中兴，也造福了一方百姓。"

"好家伙，几百年自立自强的奋斗史啊！"贡波甲感慨道。

"有些人就能卡在历史的点位上，但也因此承担了历史更多的血雨腥风。"老周微笑着，领着二人来到了石碑背面。在这里，一排排名字从上到下整齐排列，垒成了一座小山。老周用手指着位于"山脚"的一个名字，细看才能辨识出"申屠云文"这四个字，而在这个名字的右边是林珑，下面则是申屠灵——一个庞大家族中小小的三口之家。

"这座碑只刻了小半面，留白的那部分，是等待后人去书写吧？"贡波甲问。

"是啊，也是包含了这个家族生生不息的寓意吧。"老周答道。

邬天说："这个碑，是依着十二魂堡上面的那座方尖塔的形状筑的吧？"

老周赞叹："邬先生好眼光，这座碑原来矗立在磐城山顶的沧浪阁里，是已经过世的申屠烈竖的，后来一把火烧光了老宅子，只有这座碑完整地留了下来。等到重建时，申屠兄弟俩便把这个石碑搬到这儿来了。"

说话间，一位大厨打扮的中年人端着托盘送来了三碗馄饨，还在每个人面前摆了四碟小菜。

老周说："这是三鲜馄饨，里面包的是虾米、鲜肉和榨菜，蛋皮切成丝作为辅料，汤是大骨头熬制的，加了些香油，是这位精通淮扬菜的大师傅专门做的。"

大厨立在原地，表情严肃。

邬天用勺子舀了一个馄饨放进嘴里，果然鲜香。他向大厨点头致意。大厨说了声"慢用"，便从亭子里退了出去。

"想留住这么一位大厨，得花不少钱吧？"贡波甲问。

"是要花不少钱，但这份老家的味道，可不是钱能买来的。"老周收拢笑容，"你们有什么想问的，我会尽可能地告诉你们。就算我这个老头儿说了什么冒犯到申屠家的真话，他们兄弟俩也不会怎么为难我的。"

邬天问："听起来，你和申屠家有很深的交情？"

"我啊，曾经算是一个合伙人吧。"老周淡淡地答道，"二十世纪八十年代中期，我只身离开家乡，来到磐城这一带做药材生意，主要是从当地牧民手里收购虫草药材，然后卖到内地去。生意虽然做得不好也不坏，但对于当地民风民情倒是非常了解。后来我结识了来此打拼的申屠烈，他是申屠云文和申屠云武的父亲。申屠烈看中了我和当地人沟通的能力，就让我跟着他干，我们一同建立了天舐牧业，引入了现代化的牧业生产模式，生意很快发展壮大，成了当地的支柱型企业。

"可好景不长，到了1994年冬天，申屠烈在一次外出狩猎时遭遇暴风雪迷了路，被饿狼们群起攻之丢了性命。这样一来，家族的生意就落在了申屠云文的身上，那时候他才只有十九岁，弟弟申屠云武也才只有十二岁。受申屠烈的临终委托，我帮助申屠云文稳住了上下游企业，争取到了当地政府的政策支持，也赢得了磐城百姓的信任，不仅厂子一步步从最困难的时期走了出来，申屠云文也在磨炼中越来越成熟。

"等到1997年，申屠云文迎娶了林珑后，我认为自己完成了申屠烈的委托，松了一口气，便从公司的运营中退了出来，只保留了董事会成员的身份，准备回内地过快活日子。但是申屠哥儿俩舍不得我离开，特别是在处理家庭事务上，他们俩都远远算不上合格。于是，我变身成了大管家，帮着他们操持沧浪阁里的各种琐碎事务，包括这栋大宅子，也是在火灾之后，由我亲自设计、亲自监工重建起来的。从2000年秋天起，前前后后一共花费了五年。"

贡波甲插话道："我说话可能不中听啊，庄园建好后，申屠云文正好可以画地为牢，把自己关了起来。"

老周嗟叹一声道："先是父亲遇难，再是一场大火妻子失踪，流言蜚语，甚嚣尘上。短短的几年间，申屠云文耗费了太多的心力，所以一等到宅子建好，他的股权和经营权就被弟弟申屠云武接管了过去，然后他就一个人躲进了这个庄园里深居简出，几乎不和世人打交道。"

"有关他纵火杀妻的流言蜚语呢？"邬天问。

老周看向贡波甲："公安部门对此有何定论？"

"定论就是不予立案。"贡波甲耸耸肩。"火灾以后，公安和消防一同对现场进行了勘查，没有发现纵火和杀人的迹象，所以自然也就没有将此事立为刑事案件，但是……"贡波甲顿了顿，凝视着老周的眼睛，"但是，这并没有堵住老百姓的嘴，毕竟一个大活人就这么消失了。"

"当年勘查的时候，公安没有发现那个地道？"邬天问贡波甲。

贡波甲摇摇头："虽然发现了那么一口井，但是不知道井下居然有这么一条通往山外的地道，这事还真得有点儿想象力。"

老周说："对于申屠家来说，这口井是家族秘密，所以当年警方来调查时，没有人说出这口井的真正用途。"

"那么，为什么要修这口井呢？"邬天问。

老周沉默了几秒，开口道："用来逃跑的。"

"我不明白。"

"虽然理解起来有点儿困难，但是我尽量解释一下。"老周说，"磐城顶上的沧浪阁是二十世纪八十年代末修建的，出于风水方面的考虑，就建在了十二魂堡的背面，可这样一来，触犯了当地人的禁忌。那些年，因为修建沧浪阁，还有从牧民手里转包牧场等事，申屠烈和当地居民产生了一系列的矛盾，关系有些剑拔弩张，我也成了救火队队长，到处灭火，疲于应对……"

贡波甲点评道："也就是说，你在不断改善申屠家和磐城居民间的关系。听说在矛盾激化时,你大多站在磐城老百姓那一边,申屠烈对此还挺恼火的。"

"能用钱摆平的其实都不是事。"老周笑笑,"后来,我发现申屠烈从老家雇了个工程队在园子里挖井。我感到奇怪,因为是在山顶上挖井,不知得挖多深才能挖到地下水。因此,即使井挖好后,也一直处于枯水的状态,井口也被封得严严实实。至于工程队,则被申屠烈雇了专车送回了老家。接着,申屠烈资助当地政府铺设水路管网,不仅解决了磐城老百姓的生活用水问题,枯井也变成了水井。后来,宅子被一把大火烧成了废墟,我返回现场,越看这口井越觉得可疑,就下到了井下,发现井壁内侧居然开凿了洞,连通了进出磐城的地下通道。我这才明白,申屠烈当年修建这口井,是给自己和子孙留一条后路,一条除申屠家以外没有人知道的后路。"

"申屠烈倒是精于算计,可是没有算到自己被饿狼果腹的命运。"贡波甲感慨道。

"这样的宿命应该在他的预料之中。"老周说,"对于我和申屠烈这样早一辈登上高原的平原人,面对严酷的环境,我们很快就激发了战斗的意志。如同在狗窝里放进一只狼,那些平素里摇尾巴的哈巴狗也暴露出野性。只不过,申屠烈不懂得顺应自然的道理,他唯一想的就是征服,再征服,并因此常常和死神玩掷骰子的游戏。可惜,他不是常胜将军。

"正如我刚才所说,申屠烈过世后,年轻的申屠云文接过班,商场得意,情场失意,年轻的小两口儿接连出现问题。终于,一把大火把老宅子烧成了平地。申屠云文并不想在原址上复建,就挑了这块地,重建了一座新的沧浪阁。"

贡波甲撇撇嘴:"看着就像是一座碉堡。"

老周叹口气:"多疑的秉性早已融进了血脉,从老爷子申屠烈那里遗传给了申屠云文。只不过申屠烈是进攻型的,申屠云文则是防守型的。"

"申屠云武,那个弟弟,也是这样吗?"邬天问。

老周摇摇头:"不,申屠烈被狼咬死时,申屠云武年龄还小,家庭的变故并没有经历太多,还保持着那种进取活泼的性格,到现在也是这样。平日里,申屠云武就在县上的公司总部打理生意,逢年过节才回这里和哥哥一起祭拜先祖。"

"和林珑的那场婚礼,你也参加了,对吧?"邬天突然转换话题。

老周一愣,缓缓地说道:"你是说申屠云文和林珑的婚礼吧?我还作为男方的长辈坐在上座,接受了小两口儿的叩拜呢。"

"他们俩是怎么认识的?"

"大概是1996年吧,林珑还是北京一所大学的研究生,为了撰写毕业论文,她坐了三天三夜的火车来到川西北的高原,考察当地白唇鹿种群的活动情况。但白唇鹿生性胆小,想找到它们很困难,眼见着经费就快耗尽,申屠云文向她伸出了援手,提供了经费支持,帮助林珑完成了野外考察。我想正是在那时,两人产生了感情。大半年后,林珑研究生毕业,重返磐城,嫁给了申屠云文。"

"够浪漫的啊!"贡波甲感慨道。

老周点点头:"林珑是个率真又敢爱敢恨的女孩,不光我,磐城的百姓们也都很喜欢她,大家都把她唤作'林间小鹿'。"

"后来的生活和林珑预想的不太一样吧？"邬天问。

"是啊，爱情只是虚晃一枪，婚姻才是实实在在。"老周苦笑道，"其实，林珑外向的性格和申屠云文一贯的保守很不相称，与其说她爱上的是申屠云文，不如说是爱上了雪域高原的广阔自由，以及孕育其中的冒险精神。但对于申屠云文来说，他只想安稳守旧，不愿事业和生活出现任何的风险。因此，他会经常限制林珑的行动自由。特别是申屠灵出生以后，申屠云文制订了许多家规家法，事无巨细，甚至是吹毛求疵，压得大家都有点儿喘不过气来。林珑也因为达不到丈夫期望中的样子，产生了强烈的失落感和幻灭感。随着时间的推移，两人之间先是出现了持续不断的争吵，然后是旷日持久的冷战，总之，日子是越过越煎熬。"

"他们会为了哪些事情争吵呢？"邬天问。

老周想了想说："比如申屠云文对于很多人和事都保持着距离，非必要不接触，显得冷漠且高贵。但林珑就不一样了，她喜欢和当地人交往，参与他们的巡山护林、篝火晚会，甚至在野外露宿也不在乎。申屠云文对此就很不高兴，觉得她没有向文明进步，反倒是一步步变得野蛮起来，他怕这种野蛮会传递给他们的女儿申屠灵。"

"听着就像是查尔斯王子和戴安娜王妃的爱情悲剧。"贡波甲感慨道。

老周否定了贡波甲的说法："不对，不同于那个查尔斯王子，申屠云文并没有绯闻，倒是林珑在当时有一些传闻。"

"传闻？"贡波甲有些惊讶。

"都是过去的事情了。"老周摇了摇头，"虽然我不想提，但贡波甲是警察,我就不能有所保留。传闻的内容是林珑和伦珠有了超出普通男女的感情。"

邬天问:"伦珠是谁?"

老周回答:"原本是一名猎人,后来受雇进入申屠家当了保镖,主要保护申屠灵在野外时的安全。"

"他现在在哪里?"邬天又问。

"不知道,失踪许多年了。"老周说,"和林珑同一时间消失的,或许是死了,或许是跑了,总之是不见了踪影。"

老周的话引出了新的疑惑,让大家不禁再次沉默。

半晌,贡波甲才开口问老周:"你认为申屠云文没有杀人?"

"我的意思是,既然连林珑是死是活都确定不了,那就更别提申屠云文的杀人动机了。"顿了顿,老周补充道,"人心深似海,如果仅仅是因为一顶可疑的绿帽子去杀人,那就把申屠云文想得太简单了。"

"我同意你的观点。"邬天想了想后这么回答,然后说道,"我还是想明确一下,林珑是在那场烧毁沧浪阁的火灾中失踪的吧?"

"那场火灾是一个转折点,不只对于申屠家族,对整座磐城的百姓都是如此。火灾前一天,林珑找到我,说是无法再在沧浪阁里生活下去。我问她为什么,她不说,但是脸上满是惊恐,像是濒临崩溃的边缘。第二天晚饭,申屠一家人都聚集在大厅里,一边吃喝,一边观看跨越千禧年的电视直播。没有人注意到柴火房里燃起的火苗,直到火势蔓延到边上的厨房,引爆了几个装满了酥油的大桶,形成了一道道火流星飞溅到庄园各处时,大家才发现着火了。申屠兄弟俩短暂地组织了一次救火，但是火势越来越猛，最后，大家都各自逃命去了。"

"听起来，林珑似乎对你非常信任。"邬天说。

"对于申屠家来说，我是一个局外人；对于磐城居民来说，我又是一个局内人。身份特殊，才会获得林珑的信任，但是这种信任，"老周加重语气，"不足以让她告诉我她是否已经构思逃跑的计划。"

"火灾发生时，林珑在哪里？"邬天接着问。

"我不知道，事实上，火灾当晚的情况也是申屠云武转述给我的。那天晚上，我一直待在庄园外的小楼别墅里。等到大家都冲去救火时，我才发现是沧浪阁发生了火灾。大火烧了整整一夜，等到第二天清晨盘点人员时，大家才发现林珑失踪了。大伙儿就到火场里面寻找，但什么都没有找到。后来在询问时，也没有人记得是否在火灾当晚看到了林珑的身影。这之后，各种各样的流言便像是水里的涟漪，荡起了一段时间，但随着时间推移，又慢慢归于平静。"

"火灾当晚，申屠灵在哪里？"邬天又问。

"由保姆照看着。她们是最先从火场里逃出来的。"老周想了想说，"从感情上，我不相信林珑逃跑，因为她不会不把女儿带在身边；我更不愿意相信，林珑为了逃跑，会制造一场危及很多无辜生命的火灾。"

老周说完，长长地吁了一口气，然后指着亭子上的壁画问两人："你们进园子时，有没有发现什么特别之处？"

邬天和贡波甲抬头看着画在亭子内侧的壁画，一共四幅，分别展现了小鹿奔跑、睡觉、吃草和过河的场景。此时，一个侍者打扮的男青年将两个木匣子放在八仙桌上,打开,里面是两件手工雕刻的小鹿。木雕没有上色,但线条分明,神态清楚,绽放着一种母性的光辉,和申屠灵出租屋里的那一个几乎一样。

老周解释道:"在我看来,申屠云文自始至终是爱着林珑的。自从林珑失踪后,申屠云文放下了公司的业务,变成了一个木匠。这么多年来,他不知雕了多少只这样的小鹿。不仅如此,他还请了壁画师傅,在院子里画满了小鹿。"

贡波甲插话道:"我不理解,不是说林珑给申屠云文戴了绿帽子吗?"

"那只是传闻,不可考证。"老周说,"我从小看着申屠云文长大,他是一个生性胆小、敏感且孤独的人。他爹申屠烈却始终对他实行狼性教育,这本就让他很痛苦,后来他又不得不临危受命,带领公司走出困境。在这个过程中,他没有变得更坚强,反倒是千疮百孔、遍体鳞伤。因此,在我看来,和林珑相识相爱是申屠云文这辈子最幸福的时光,因此,他才会越发抓紧林珑,不想她离开半步,这当然让生性自由的林珑感到了很强的束缚感,生出了逃离的欲望。火灾以后,申屠云文到处寻找他的妻子未果,公司的运营也逐渐荒废。弟弟申屠云武趁机接管过公司,当上了董事长。这在别人看来是篡位夺权,但我想,申屠云文那时总算是松了一口气,躲进这个庄园里缅怀起他和林珑那段幸福但很短暂的时光。"

"如此说来,申屠云文一定很爱女儿申屠灵,因为这是他和林珑爱的结晶。"邬天说。

"申屠灵当然是他们爱情的结晶,对此,我还偷偷做过DNA亲子鉴定。"老周给出了不可辩驳的回答，"申屠灵从小就外出求学，父女俩除了通信外，申屠云文每年还会在女儿的生日时给她寄一只木雕的小鹿，大概是想告诉她，母爱从没有离开过她。"

邬天说："或许还有一层意思，是希望自己的女儿能够像小鹿一样远走高飞，不要再回到这里？"

老周看着邬天，脸上露出了笑容。

贡波甲也明白过来："所以申屠灵这次回到磐城，并没有通知她的父亲。"

"虽然林珑的失踪到现在还没个定论，但是关于申屠灵的去向，监控视频给出了结论。正像她父亲期许的那样，申屠灵已经远走高飞了。"说完这些，老周站起身，像是要送客，但又补充道，"我不是劝二位停止调查，毕竟中间还有许多疑点没有解除，还有许多当事人你们并没有见过面，但我已经把我所知道的都告诉你们了，至于是否相信，就得由两位自己来判断了。"

"我可以见一见申屠云文吗？"邬天问。

"我已经差人请了，但是申屠云文今天不想见任何人。"老周有些抱歉道，"如果非要见，贡波甲警官下次可以带着相关证件来问话。"

贡波甲在边上解释："申屠云文的确许多年没有见外人了。"

老周陪两人回到了大门外。山坡下的道路上，贡波甲的皮卡车不知何时停在了那里。

邬天转身道："还有一事不明，想请教。"

"请说。"

"你是公司的股东，对吧？"

老周一怔，点了点头。

邬天接着问："我听说骆天保在并购牧民手中的牧场，以此入股天舐牧业，这会对公司的股权结构产生影响吗？"

"骆天保并购的事我也听说了，不过那只占很小一部分，公司股权主要还是集中在申屠兄弟俩的手中。"老周接着分析，"我想骆天保并购牧场的真正目的，还是为以后旅游开发积累较为廉价的资本。"

"原来如此。"贡波甲点头道。

正在此时，一名侍者将两个木匣子分别放进礼品袋，递给邬天和贡波甲。

两人面面相觑。

老周笑道："有句话叫作'林中有鹿，鹿有孤独；孤独无尽，尽在林中'。送两位这份礼物，寓意着我们虽然孤独，却会在林中一次又一次相会。"

老周说完，转身回到了大宅子里。目光追随着他的背影，邬天看到在一片竹林后影影幢幢地站了一个人，背手而立，背有些弓。那是申屠云文吗？脑海里有个念头闪了一下，邬天便被合上的铁门彻底隔绝在这栋森严的碉堡之外。

10

"听老周的意思,申屠云文纵火杀妻的嫌疑倒是减轻了不少。"两人坐进车子,贡波甲随口说了一句。

邬天明白贡波甲意有所指。的确,仅就现在掌握的信息,还不足以证明申屠云文动了杀妻的念头,林珑也不至于为了逃跑点燃那把大火烧毁庄园。那么,作为这一系列悲剧的既得利益者,弟弟申屠云武是否存在动机和嫌疑?还有,那个扎着马尾辫,似乎无处不在的骆天保,是否与申屠家存在某种联系呢?

邬天暂时压制蔓延的思绪,将目光转向窗外。此刻,乌云低垂,天地混淆,空气中弥漫着谎言和阴谋的味道,闪电也仅是一瞬间的哆嗦,就被迅速扼杀在漫无边际的阴郁中。

孤独无尽,尽在林中。老周的临别赠言萦绕在邬天心头,坠入了心底那口深井。孤独的可怕之处,不在于遇不见听闻者,或是结识不到菩提心,而是在日复一日的顾影自怜中分不清什么是现实,什么是幻影。

邬天不知道当下所卷入的一切,刨根究底来说,是否是为了对抗命运本源中的孤独和苟且。且不说案子真相大白后他该如何找寻另一种打发时间的替代物,单回到案件本身,他确信没有人可以对全部问题给出一一对应的答案,即便是最有经验的侦探都不能够。但是,和呼吸一样,生活是有惯性的,不完整的结果依然有意义,也许走着走着,世界就会有所不同……

不知不觉间,车子驶入了磐城。刚一进城,车子便被几只山羊堵住了去路。贡波甲摁响汽车喇叭,没把羊吓跑,倒是惊到了羊群后面站着发呆的男青年。青年用手掌遮成眼帘,眯缝起眼看了一阵,一瘸一拐地掉头就跑。

邬天意识到,逃跑的男青年正是高岩。他和贡波甲立即下车分头去追。跑了几步,贡波甲便攀上一棵歪脖子大树,三下五除二,消失在了上面的弯路上,等到邬天追到时,他已经将高岩控制在膝下了。

高岩没有反抗,几乎要飙出泪来。

邬天将高岩扶起,问他脸上和腿上的伤是从哪里来的。

高岩有些吞吞吐吐。

邬天说:"是不是被赌博团伙拘禁了,关在砖厂里面?"

贡波甲安慰道:"我是警察,到底都发生了什么事?"

"本来只是一笔小额的贷款,用来偿付厂租,没想到一切都乱了,利息开始像滚雪球一样……"高岩的声音越来越小。

邬天问:"你是找骆天保借的小额贷款吗?"

高岩摇摇头:"不,有一个中间人,没想到他是替赌场放贷。"

贡波甲向邬天解释:"是有这么一个高利贷团伙,和赌场绑定在一起,老板叫作巴西穆。这伙人常年流动在磐城及周边,公安打击过许多次,但还是散了又聚,打而不绝。"

邬天问高岩:"你说一切都乱了是什么意思,是指你们三个人没有形成统一意见吗?"

高岩沉默了许久,然后回答:"你们应该是知道那个视频账号了。为了将它长久运营下去,我提出可以通过视频带货的方式卖些磐城的农牧产品,还找骆天保借款包了一个牧场,养了几十头牛羊。但是灵珑和泽木不同意将视频号商业化的想法,连着吵了几架,大家的心也就散了。"

"就算是心散了,也不至于匆忙离开磐城啊?"邬天说。

"他们走了?"高岩也是一愣,然后缓缓摇头,"大概是讨债团伙也找他们逼债了吧,我是以公司的名义借的款,他们得承担连带责任。"

贡波甲问高岩:"你有什么打算?"

"他们宽限了我几天的时间,我会想办法把钱还上,把设备和牛羊都赎回来。"

"那些拘禁你的人都去哪里了?"贡波甲接着问。

"不知道,昨天晚上他们还把我关在小黑屋里,外面有人看着,等到我早上醒来,那些人就全都不在了,好像是流动到其他地方继续开设赌场了吧。"

"找个地方处理一下伤口吧。"贡波甲叹了口气,"县公安局已经盯上了这个赌场,很快就会把他们一网打尽。"

高岩问："欠的那些高利贷呢？"

"高利贷是不受法律保护的，你不要担心。先找个安全的地方待着，不要和他们有什么接触。"贡波甲命令道。

邬天接过话头："我不太明白，一个视频号，为什么能在短时间内收获了上百万的粉丝，有什么秘密武器吗？"

高岩张了张口，接着吞吞吐吐地说："网上的事情，偶然因素很多，也许一个不经意的镜头就能戳中观众的心。"接着，高岩反问："你觉得视频的内容怎么样？"

"我觉得那个少年，叫作阿吉是吧？还挺动人，他是本色出演吗？"

高岩扯出一个苦涩的笑，准备要走。

"骆天保和那个赌博团伙的老板巴西穆有没有联系？"邬天追问了一句。

"我……我不确定。"

"和申屠家也没联系吗？"

高岩摇了摇头，脸上显出困惑的表情，然后转向贡波甲："我可以走了吗？"

贡波甲嘱咐高岩："要是见到那伙赌徒，记得给我打电话。"

望着高岩一瘸一拐的背影，贡波甲说："他大概是不会知道骆天保和申屠家是否有联系。"

邬天耸耸肩："不管有没有枣，先打三竿子再说。"

"所以，你是在试探他？"

"我对所有送上门的证据,都会本能地打一个问号。"邬天如是说,"至少,在通过视频合成特效来吸引粉丝这件事情上,高岩对我们有了隐瞒。"

"也许是某种技术上的保密协议。"贡波甲说。

邬天"哦"了一声,想到了那个给他发彩信的隐身人,便自言自语道:"没准儿有比视频合成还要厉害的技术。"

"或许吧,不过,从高岩的视角来看,申屠灵离开磐城是为了躲避高利贷团伙的逼债。"

"每个人都有他的局限性。"邬天说,"要是按照老周的说法,申屠灵此番回磐城是为调查她母亲的失踪之谜,进而澄清父亲的杀妻嫌疑,或许她已经得到了答案,才会选择离开。这样也是符合申屠云文希望女儿远走高飞的心愿的。"

贡波甲感慨道:"各说各的话,各有各的理。"

邬天皱着眉头道:"其实每个'相信'的前面,都有一个被删掉的词,那就是'选择'——选择相信,选择不去相信。"

贡波甲乜了一眼邬天,笑了:"你们来自平原的人,或许会更加理性,什么事情都讲究个知其所以然,但是我们这些高原人会更加感性,或许是因为天离得近,所以我们相信很多命运都是上天安排好的,与其逆来顺受,提一大堆问号,倒不如接受这种安排,然后向前看。"

邬天松了一口气,道:"警察当久了,都会患上疑心病,总有种如履薄冰的感觉。"顿了顿,邬天又说:"我还在努力适应去做一个高原人。"

"不要把自己逼得太紧了。"贡波甲说,"要听从自然的呼唤。"

贡波甲说完,潇洒离去。邬天则站在原地,很久都没有挪动脚步。

回到客栈,已近傍晚。

白央正在把晾晒的床单被罩收进房间。夕阳西下,她的身影如水印般绘在这些白色的布单上,轻盈柔美,婀娜多姿。邬天先是别过脸去,但还是忍不住,放纵了自己的目光,享受片刻的良辰美景。

白央收好床单,邬天走上前去,把有关申屠灵自行离开磐城的调查结果告诉了她,还列举了老周的视频证据以及洞口的那条花床单。

白央听完后,立即招呼益西,问那条花床单的下落。

益西正在院内跑来跑去,嘴巴里发出小牛的哞哞声,抑扬顿挫的,像是在复述从牦牛群那里听来的故事。听到母亲在喊他,益西站定,晃了晃脑袋,从牛的世界切回了人的意识。益西一脸自豪地告诉母亲,那条无敌防弹飞毯已经作为礼物送给灵珑姐姐啦。

"听起来,那条飞毯很厉害啊!"邬天感慨道。

"当然,飞毯既能防子弹,还能隐身。飞到天空,它就变成了蓝色;落到草地里,它就变成了绿色;钻进羊群,它就会变成白色。"

"那么,你的灵珑姐姐有没有可能披上隐身飞毯,回到咱们的身边呢?比如说,偷看你有没有睡懒觉。"

邬天的问题问住了益西。他挠了挠脑袋,正巧一匹大白马从门外经过,益西叫唤道:"我得问问白马哥哥,它能看到隐身飞毯,我不能。"说完，他就冲着门外咴儿咴儿地叫了起来。

邬天摸了摸益西的脑袋，放他出门追那匹白马去了。

益西走后，邬天和白央相对而立。

半晌，白央才说："所以，事情查清了，申屠灵已经离开了磐城？"

邬天点了点头："走了。"

"那么，谢谢你……"白央欲言又止。

不要问我接下来有什么打算。邬天心中暗暗祈祷，接着便打了个长长的哈欠，形象也不顾及，只是把嘴巴张得很大，像是要吸进许多的空气一样。邬天说："起初来高原时，只要感到高反头晕，我就大口地呼吸空气，但是越是这样，就越是头晕。后来才明白，原来呼吸也是耗氧的。我真正应该做的，就是调低身体的代谢水平，也就是网上所说的躺平。"

白央说："你会慢慢适应这里的一切的。"

"或许吧。不适应也没关系，生活中哪有那么多顺心如意的事情呢？"顿了顿，邬天又加重语气，"不过，我会努力，我想等到明年开春，领略高原上鲜花漫野的美景。"

白央笑了。

邬天又打了个哈欠："不过，实在是困极了，我要睡一场大觉啦。"

邬天的确很疲惫，他想把一切都放下，踏踏实实地睡一个觉，就算是世界末日，宇宙爆炸，他都不想挪窝。起初，邬天还真的睡着了，高原雪山，草场牛羊，都陷落于沼泽当中，慢慢变黑，慢慢变窄，消失在深不见底的黑暗中。邬天只觉得双脚浸湿,双肺被挤压,几乎要窒息,唯有一对鹿角高昂着,指向乌云缝隙间的那道光亮:是谁在追捕申屠灵?是谁点燃了沧浪阁的大火?是谁导致了(或是协助了)林珑的失踪?又是谁隐藏在幕后,戳破了自己的伪装,然后发来可供按图索骥的线索?

邬天突然从床上惊坐起来,喘息着,冷汗涔涔。窗外,天已黑透,街道上传来慵懒的马蹄声,偶尔还有人在唱歌,断断续续,大概是酒兴正酣。明天再睡不迟。邬天暗下决心,迅速起身,备好手电筒,悄然离开客栈,步行大概二十分钟,来到了十二魂堡背面的废墟花园。

此刻,魂堡的方尖塔塔顶投下的光芒,被枝蔓和树叶遮挡,化成了无数的光点,像是精灵一般在林间飘浮,邬天也得以在斑斓奇异的世界中前行。不一会儿,邬天便抵达了那个井口。

邬天沉一口气,开始顺着井壁的梯子往下爬,下到大概十米深时,抵达了申屠家开凿的那条小道,再向前走了一阵,便进入了磐城的地下人防通道。

在手电筒灯光的照耀下,邬天得以细细观察这条人防通道。他发现这条通道还有许多支路,分散在左右两侧。每条支路都是一个半弧,绕来绕去,还会回到主通道,并不会让人迷路。

邬天暗忖,如果申屠灵是次日清晨搭车离开的,那么为了躲避暴风雪,她大概会在巷道里逗留后半夜。对于一个二十岁出头的女孩来说,这可需要不小的勇气。为了消磨时间(或是对抗恐惧),她会留下什么痕迹吗?

正想着,一道光在前方突然晃了一下,只是半秒的工夫,就消失了。邬天立即关闭了手电筒，靠在一个凹口里，谛听地道里的动静。显然，对方也采取了同样的策略，屏息等待自己的一举一动。

两方陷入了僵持。

邬天决定主动出击，他脱掉鞋子，一只手拎着，另一只手握着手电筒，贴着远侧的墙壁一步步向前。走两步，停两秒，听一听动静，接着再往前走。地面湿滑，邬天必须非常小心才不会摔倒。他甚至已经可以听到黑暗中的喘息声了。

邬天停下脚步，将鞋子向前抛了出去，嗒嗒两声摔在地面上，对面的手电筒灯束随即照了过去。邬天抢步向前，正要制服对方，却被一个毛茸茸的巨物迎面扑倒在地上，眼睛和鼻子里全是黏稠的口水。

"停！"对方边吼边将手电筒对准了邬天的脸，竟笑了出来，"原来是你啊。"

邬天听出了声音的主人，但他还是不敢动，因为长长的獠牙就在他的颈动脉边上。

贡波甲将藏獒唤回身边，伸手将邬天从地上拉了起来。

邬天有些惭愧："刚刚还以为是你在紧张地喘息呢，原来是这个大家伙。"

贡波甲捡起邬天的鞋子，哈哈大笑："我可是猎人，怎么会轻易暴露自己呢。"

接着，邬天了解到，和自己一样，贡波甲钻进地道也是为了寻找申屠灵可能留下的痕迹，为此，他还带来了一条藏獒。可一直走到山下的通道出口，藏獒都没有嗅到任何有关申屠灵的蛛丝马迹。

11

出了山洞,两人肩并肩坐在一块大石头上休息。此时正是午夜,空气稀薄,万物肃杀,邬天感到嗓子里好像堵了什么东西,咽不下去,也吐不出来。

贡波甲兀自点了一支烟,笑着问:"按照你这年龄,原来在公安队伍里,也是一个小头头吧?"

邬天揉了揉太阳穴,没有答话。

贡波甲又说:"有时候,我梦见自己变成了一条鱼,可以不用呼吸,只身在漆黑无比的海洋深处孤独游弋。前些年,西隆山的一部分发生了坍塌,牧民们居然从断面里发现了类似于鲸鱼骨骼的化石,我也是那时才知道,这片高原曾经是一片海洋,我们的祖先都是鱼。"

"你经常独自一个人行动吗?"邬天问,"对了,磐城就你一个警察,没有帮手了?"

贡波甲深吸了一口烟,答非所问地说道:"狼是群居动物,几乎没有单独行动的。但是几年前,我发现了一头年轻的雄性孤狼,总是在夜里独自袭击牧民的牛羊。我用麻醉枪把这头狼抓获，发现它遍体鳞伤，我想，它大概是犯了什么错，被狼群赶了出来。我把狼送去了落玛尔寺治疗，并在它的体内安装了定位芯片，等它痊愈后就把它放归了野外，时不时地查看它的定位。我本以为，这样一头孤狼能活下来的概率很小，但是，它拖着虚弱的身体熬过了第一个冬天，到了第二年，它便成功地和另一头母狼结成了伴。如今，它已经成了一个新狼群的首领。"

贡波甲停顿了片刻，用手指了指邬天的胸腔："孤独是你的肺，它要是罢工了，会把你勒死；但当它工作时，会给予你力量。"

邬天沉默不语。

突然间，趴在地上的藏獒坐起身，鼻尖向前蹙着，仿佛嗅到了什么。接下来，一道火焰直冲夜空，在密布的黑云当中无声爆炸，喷出一团暗红。

"这是牧民们的报警方式吗？"邬天问。

贡波甲皱着眉头，打开手机定位软件，看见一个光点在屏幕的边缘处闪烁。地图放大数倍后，邬天发现这个光点距离西隆山的垭口不算太远。

"这个光点是？"邬天问。

"白唇鹿体内的芯片。"

"红色的焰火意味着？"

"说明有牧民亲眼看见了盗猎分子，也许他们正打算在西隆山对迁徙的鹿群进行屠杀。没有时间可以耽搁了！"贡波甲摁灭了还没抽完的香烟，立即钻回了地下通道内。

贡波甲的警务室距离山顶不远,里外两间房。外间是办公室兼卧室,里间则是仓库兼枪库。两人抵达警务室后,贡波甲就马不停蹄地从仓库里搬运各类给养,包括吃穿方面的、露营方面的以及急救药品和各类器材,好像此次要在野外待许久似的。最后,贡波甲打开枪柜,从里面取出了枪支和弹药。枪有两把,一把是92式手枪,一把XY警用狙击步枪,两把枪使用的都是9毫米口径的子弹。邬天有些惊讶,他没想到在这样偏远的地方,居然还会配发这种在沿海地区公安系统中都属较为先进的枪支。

贡波甲反倒不以为然。他告诉邬天,盗猎分子手上的枪支可都是世界一流的,真要是对决起来,这两把枪不管是射程、精准度还是稳定性都要差很多。

贡波甲把手枪插进了腰间的枪套,又把狙击枪盒放在皮卡的后座上,那只藏獒挪了挪屁股,正好坐在枪盒上面。接下来,两人开车来到白央客栈。贡波甲敲了一阵门,和白央低语一阵。随后白央回到客栈,牵出了一匹通体黑色的马儿。

贡波甲接过黑马的缰绳,将它赶进了皮卡车斗的围栏里,然后回到驾驶室准备发动车辆。

邬天这时才打破了沉默:"你没觉得,白天高岩出现在我们面前,有那么点儿不太对劲吗?"

贡波甲一愣,反问邬天:"哪里不对劲了?"

邬天摇了摇头:"就是直觉。"

贡波甲说:"申屠家的谜团不是一时半会儿能解开的,眼前最重要的还是保护白唇鹿群不被盗猎。"

"那我跟你一起去吧。"邬天说。

"不行,你不是警察,我不能让你去冒险。"

"现在我来回答你之前的问题。我曾是一名刑警中队长,每一次抓捕,我都冲在弟兄们的前面,这是规矩,也是习惯。"

贡波甲瞧瞧邬天,他熟悉对方眼中不达目的誓不罢休的眼神。贡波甲向白央挥手:"这是你的房客,你愿意放他走吗?"

白央抿着嘴,默立了会儿,然后转身回到客栈,不一会儿便牵着一匹白马走到邬天的身前。邬天从她手中接过了缰绳。

"平安归来。"白央的声音几乎低不可闻。

邬天点了点头,将马儿赶进车斗围栏,然后坐进了副驾驶座。自始至终,他都能感到白央灼热的目光贴在自己的脸上。他巴不得贡波甲迅速启动汽车,将他从尴尬的氛围中解脱出来。

恰在此时,口袋里的手机振动了一下,还是那个106开头的号码发来的新短信,里面只有两个字:当心。

邬天的心扑通一下,像是打夯一样,坐实了心中的疑虑。与此同时,贡波甲挂上了挡,车子沿着公路向磐城外驶了出去。

出了磐城不久,贡波甲便驶离主路,沿着一条崎岖不平的山路行进。正是夜色最深时,四下都笼罩在浓密的黑暗中,水汽不断蒙住车窗,车灯虽然开了远光,却照亮不了太远,往往还没看清前面的情况,灯光就猛然一转,邬天不自觉拉住了车窗上的扶手,手心也不知何时变得潮热。

贡波甲倒是一副胸有成竹的模样,他一会儿调大音乐的音量,一会儿又打开口香糖瓶盖,问邬天要不要来一粒。

邬天说不用,自己不困。

贡波甲笑道:"我经常夜里在山里开车,困了,巴蒂就朝我吼两嗓子。要是还打盹儿,它就来咬我的耳朵。"

邬天瞄了眼端坐在后排的藏獒,它昂首挺胸,像一名坚守岗位的领航员。

"巴蒂,那个踢球的?"

"哈哈,对,巴蒂斯图塔,也是头野兽,你看他俩的发型像不像?"

邬天问:"如果野外遇险了,巴蒂会不会救我?"

"不会,它只会救我。"贡波甲说,"在它眼里,只有三类人,主人、敌人和不是人。"

"宁愿它视我为无物,也不希望它把我当成敌人。"邬天这么说着,瞥了眼海拔计,发现他们已经从出城时的海拔三千三百米攀升到了四千二百五十米。他打开车窗,用手机打光,发现被轮胎压过的石子都咕噜噜地滚到了不见底的深渊。

贡波甲说:"这才是起步,后面的搜寻基本都在五千米以上。"

邬天咕哝道:"如果我死在高原上,就别费劲把我弄下去了,找个雪窝把我扔那儿就行。"

贡波甲笑着拍了拍邬天的肩膀:"也好,那样离天更近,灵魂也更容易得到救赎。"

说完,贡波甲开始跟着音乐高唱:"太阳西沉,星星爬升,云在翻滚,翻滚啊,翻滚。去吧,我的朋友,留我在这儿,留我在这儿……"

又过了一个半小时,贡波甲猛甩车头,将车开离了山路,藏在了一块巨石的下方。然后两人下车,爬上巨石,眺望远方。

此处空气稀薄,寒风凛冽,顶着邬天的嘴巴让他说不出话来,但眼前的景色却有如《创世记》般震撼:天地被分成了多个层面,最上面是淡蓝色的天空,光滑平整没有一丝褶皱;下面是耀眼的太阳,还有冷冷的月亮,孤独地悬于天际两端;再往下,则是浓厚的云层,被邬天和贡波甲踩在脚下。这些云层浓淡不均,明暗不匀,却把整片大地遮盖得严严实实,唯有一处紫色的灯火,如宝石般点缀于这些云间。

"那是?"邬天指着那枚紫色的宝石,却见贡波甲双手合十,面向紫色的宝石暗暗祈祷。邬天明白,那里正是十二魂堡的方尖塔塔尖。

结束祈祷,贡波甲和邬天从大石上翻下,从车上卸下各种给养,再分别绑在两匹马儿的屁股上。邬天注意到,其中有个篓子里还装了些虫草。接着两人又分别披上风衣,戴上牛仔帽,扎紧腰带,看起来还真像是进山收药材的游商。

做这些时,巴蒂就蹲坐在山路中央,左看右看,像是在嗅探可能存在的危险。随后,两人将银灰色的篷布从头到尾罩住了车辆,又在上面铺了一层白雪和碎树枝,才牵着马儿回到了巴蒂身边。

接着,两人吃了肉干和饭团,又喝了点儿热水,然后贡波甲跳上黑马的马背,低头问邬天:"吃得消吗?"

"缓一缓。"邬天喘着粗气,一手牵住缰绳,一手扶着马鞍,心里却开始犯起嘀咕。没想到这匹白马居然前膝微弯,几乎是把邬天送到了自己的背上。

贡波甲在边上打趣道:"看来白央嘱咐过这匹白马,让它对你温柔一点儿。"

12

一路上，巴蒂在前方领路，兼着哨兵的职责。邬天骑马走在队伍的中间，属于被照顾的对象，贡波甲则拖在队伍最后，一边唱着曲儿，一边不紧不慢地跟着。

随着海拔的下降，这支小队进入了一片水汽升腾的山麓。道路一侧是绝壁，另一侧则是悬崖，冰锥结在头顶，雾凇绽放在路边，能见度只有五米左右，巴蒂不得不来回折返，像是确认后面的人有没有跟上。

贡波甲说："这个地方叫滴水崖，你感觉怎么样，害怕吗？"

邬天如是回答："不怕死，但恐高。"

贡波甲哈哈大笑："闭上眼睛，马儿会照顾好你的屁股的。"

邬天听从了贡波甲的建议，不仅闭上了眼睛，还调低了五官和神经的敏感程度，只让身体和马背一同轻轻摇摆，进入一个舒服的节奏。与此同时，一个孤独骑手的背影如水墨般在邬天的脑海里慢慢洇开，一点儿又一点，逐渐消失在了浓密的水雾中。邬天整个人都快要入定了。

在愈发深沉的平静中，身下的白马站住了，打了个响鼻。邬天睁开眼，才发现他们已经退到了雪线以下，到达一大片平缓且荒草茂盛的斜坡。胯下的白马正把头埋进谷物袋中，满意地大口咀嚼。贡波甲则坐在草地上，嘴里叼着一截草根，低头摆弄着一个黑色的小盒子。

邬天翻身下马，腿却一软，整个人摔了下来，在草地上滚了好几圈。贡波甲瞄了一眼，嘿嘿一笑。邬天起身，揉了揉僵硬的屁股，站到贡波甲身后，明白这个黑色的小盒子是一个小型摄像机，兼具了摄录、存储和播放功能。

"有什么发现吗？"邬天问。

"前天中午，那群白唇鹿在这里休整，正填饱肚子时，不知什么原因受了惊吓，集体奔向山谷去了。"

"是发现盗猎分子了吗？"

"摄像机倒是没有拍到，不过……"贡波甲提起一个吃剩的苹果核，"这是巴蒂刚捡到的，还算新鲜，应该是盗猎贼吃完丢弃的。"

"一个人还是两个人？"

"我刚检查了苹果核被发现的地方，从草地倒伏的面积看，像是两个人，但也不确定，没准儿是他们故意伪造的痕迹。"贡波甲说着，从背包里取出定位仪，那个光点还在昨夜显示的位置，没有多大的位移。贡波甲指着隐藏在云彩中的莽莽雪山说："这群白唇鹿再往南走，就要翻越西隆山垭口，那里山高风大，极为险峻，鹿群很可能也在等待一个好天气。"

"看距离不算远。"邬天说。

"直线丈量的确不远，但是看山跑死马，咱们得先下到海拔不到两千米的桃花谷，然后再爬升回五千米的高原，才能接近鹿群所在的位置。"

"你觉得盗猎分子现在在哪儿呢？"邬天问。

"有可能就在鹿群的周边，等待它们穿越垭口时进行屠杀。"

简单吃过午饭，两人起身向桃花谷进发。随着海拔进一步下降，大片的荒草滩逐渐变成了茂盛参天的冷杉林。林间无数小道曲折延伸，构成了迷宫一般的存在。巴蒂依旧在前方探路，走走停停，不时冲后面的人马吠叫，提醒他们注意隐藏的兽夹。其中一处兽夹竟然残留了豹子的遗体。它的血肉虽已销蚀殆尽，骨骼却保持着向前冲刺的姿态。

每每遇到兽夹，贡波甲便下马拆除其中的机关弹簧，装进包里。如此报废了五副兽夹后，他们抵达了桃花谷谷底。

眼前正是一幅晚霞旖旎、溪水湍流、青苔柔软摇摆的恬淡画面，邬天似乎来到了江南的某处水乡。贡波甲告诉邬天："这里海拔不高，气候宜人，雪山顶上冰雪融化，溪水湍流而下，常年不冻。若是春天来了，还会有大片大片的桃花，堪比人间仙境。"贡波甲话锋一转，又说："但也正是这个原因，常有想不开的人，甚至从上千公里以外的地方来到这里，在落英缤纷中了结自己的生命。"

邬天说："平原人，没有高原人这么硬气。"

"也不能这么说，"贡波甲嘿嘿笑道，"一个人能够选择自己生命终结的方式,也需要很大勇气的,等我活到九十九岁了,我也到这个地方终老,伴着桃花一睡不再醒,多好啊!"

两人边聊天边着手搭建帐篷。突然间,巴蒂支起身体,冲着树林里定定地望了两秒,随即向前冲了出去。贡波甲扔掉手里的工具,迅速跳到了河岸边上的一棵大树后方。邬天反应稍迟,他抱起狙击枪的枪盒,躲在了一块大石后面,谛听外面的动静。而此时贡波甲已经掏出手枪,打开了保险,沿着林木线向前搜索过去。

邬天打开枪盒取出枪,通过狙击瞄准镜捕捉林间的动静。不一会儿,树林里传来了巴蒂的吠叫声,低沉但异常凶狠。邬天寻着声音,调整瞄准镜,看到一个背着背篓的男人正趴在冷杉的树干上,下面是龇着獠牙的巴蒂。很快,贡波甲也来到树下,仰头掐腰,哈哈大笑起来。

贡波甲把男人从树上劝下来,领回岸边,掀开背篓的盖子,看到里面装满了新采摘的松茸。

贡波甲吞咽分泌的唾液,向邬天介绍:"这是塔锡,阿吉的父亲。"接着,贡波甲又将邬天介绍给了塔锡。

贡波甲告诉邬天:"十多年前,塔锡家牧场的牛羊染上了传染病相继死亡,全家因此背上了沉重的债务。不得已,塔锡从牧民变成了中药材采集者,一点点地还债。原本阿吉也跟在父亲塔锡身边翻山越岭,但他不能忍受与世隔绝的生活,便去给债主骆天保打工去了。"

塔锡在边上说:"让孩子多锻炼锻炼也好。"

邬天告诉塔锡,他的儿子已经成了一名网红,视频账号上至少得有两百多万粉丝。

塔锡感觉有些不可思议："他嘴笨得很，还能成网红……"

贡波甲说："年轻人玩的把戏，咱们这些老家伙有点儿跟不上了。"随后，贡波甲问塔锡："是你放焰火报的警吗？"

塔锡摇了摇头，但随即又用肯定的语气说："我看到了两个盗猎贼，一老一少，都背着猎枪，发现他们时，这两人正在过河。我猫在林子里，没有露头，他们应该没有发现我。"

"看到他们的长相了吗？眼熟吗？"贡波甲问。

塔锡摇摇头："只看到个背影，很眼生，不像是磐城人，更不是占黑。"

贡波甲的脸色有些失望，他对塔锡说："我查看了好几处的摄像机，都没有发现这两名盗猎贼。"

"山里的小路少说也有一百来条，大概他们绕路了吧。"塔锡说。

贡波甲又问："看到那群白唇鹿了吗？"

"鹿是没看到，但是鹿的粪便看到了不少。"塔锡顿了顿，"我还听到了一些关于白鹿的道听途说。"

"道听途说？"

"对！"塔锡的语气愈发坚定，仿佛接下来说的是事实，而不是未经验证的传说，"神奇的白鹿又回到高原来了，白唇鹿群就是追随那头白鹿的足迹，一路往西隆山南麓的天堂牧场迁移。"

贡波甲摆摆手："神奇的白鹿？别扯了！有关它的传说我的耳朵都听出茧子了，但就是一眼都没有见过，你见过吗？"

"我是没见过，但是在高原上挖虫草的人都是这么传的。"塔锡顿了顿，提出了疑问，"那两个盗猎贼会不会是去猎杀白鹿的呢？"

贡波甲不说话了，显然，塔锡的话勾起了他的思考。

一直没有说话的邬天开始发问："那头白色神鹿是不是有什么特殊的寓意？"

塔锡说："当然是寓意着平安和吉祥了。"

"背后发生过什么故事吧？"

"故事真是太多了，够我说上三天三夜的。"塔锡接着说。

"都是没法考证的，"贡波甲堵住了塔锡的嘴，"但有一段关于白鹿的背景资料，是我从公安局档案里读到的。"

"说说看吧。"邬天提起了兴趣。

贡波甲理了理思路，开始讲述："档案里记录的是三十多年前的事了。那会儿磐城兴起了猎捕小型野生动物的热潮，这在当时够不上犯罪，而且猎枪的管控也不那么严格，所以小动物们，尤其是兔子、地鼠和狐狸一类的就遭了殃。打猎的风潮持续了两三年，狼群开始面临缺少食物的局面，再赶上恶劣的寒冬，就有饿狼大着胆子闯进磐城来偷吃的。有几头饿狼被猎人枪杀后还被剥了皮，挂在房梁上。大家以为这样便会吓退这些野兽，没想到却招来了狼群的报复。饿狼一群又一群地盘踞在磐城外，从早嗥到晚，把磐城百姓折磨得没一个能睡好觉的。不仅如此，它们还经常发起午夜偷袭，杀鸡杀狗，甚至还把一个醉汉裤裆里的两个卵蛋咬掉了。不得已，磐城乡政府组织了猎人小组，出城去猎捕狼群。但狡猾的狼和猎人们玩起了捉迷藏，甚至还有一次引诱猎人们进入了它们的包围圈。

"由于狼群围城，磐城老百姓整个冬天都一筹莫展。但是有一天早上，大家却没有听见狼嗥。他们来到十二魂堡的方尖塔下，眺望城外,草原安静且平和。乡长也来了,他举起从部队借来的高倍望远镜,看到一群又一群的野狼掉转方向,朝西隆山跑去,像是在追什么东西。再细看,原来在狼群前方不远处,有一头雪白的白鹿,它跑得轻盈且洒脱,没有一丝的惧怕。最终,这匹白鹿带着那群野狼融入了喷薄绚烂的晨光,或许是真的飞上了天吧。”

说到此,贡波甲耸耸肩:“不过,这些都是乡长口述,由身边秘书记录下来的。也只有他通过高倍望远镜看见过那头白鹿。这事结束不久,乡长就挂印而去,据说去了沿海地区做生意,现在已经是亿万富翁了。”

邬天问:“所以说,是那头白鹿解了饿狼围城的困局?”

“这是大多数善良的磐城老百姓的想法。”塔锡说。

“还有不同意见?”邬天问。

贡波甲点点头:“正相反,有人认为是那头白鹿在幕后策划,并向所有的狼群下达了围城的命令。也是它再次现身,通知了所有狼群撤离。要知道,由于这些狼严重干扰到了驻军的作战训练,部队领导已经决定帮助当地政府展开驱狼行动了。”

邬天说:“要照你这么说,这头白鹿还真是有点儿神奇了。”

塔锡急切地插话:“所有见过白鹿的人,都有了极好的运气。除了那个发财的乡长外,还有个挖虫草的,说是见了白鹿的半个屁股,他就追了上去,结果发现一大片虫草地,每根虫草都又粗又长,他卖了不少钱。还有个牧民在夏天放牧时摔断了腿,被困在了风折谷两天两夜前进不得,正绝望时,他看到了山顶上的白鹿,接着,一阵急速的降温,水面结成了厚厚的冰面,等到这个牧民爬过冰面,出了风折谷后，原先的坚冰又全部化成了水……"

贡波甲说："也正因此，试图寻找那头白鹿的人不少，其中就包括盗猎贼。他们以为抓到了白鹿，就像是抓到一只会下金蛋的鹅，所以前赴后继，公安抓了一拨又一拨。"

邬天问："是哪些人认为白鹿给磐城带来了厄运？"

"主要是那几个参加了猎狼小组的人，其中的头目叫作占黑。他从狼群的陷阱里脱困后，觉得很丢脸，于是便继续追着狼群，想要报复，也杀了不少狼。后来，随着法律不断健全，对于猎杀野生动物的惩治力度不断加大，很多盗猎分子都被公安机关抓获了，唯独那个占黑还没有落网。他不仅成了一名真正的盗猎高手，还变成了杀人的凶手。"

"凶手？"邬天有些不可思议。

"在野外盗猎和反盗猎是件非常残酷的事情，一旦遭遇，都是要搏命的。"贡波甲淡淡地说。

"你和他打过交道吗？"邬天问。

"县公安局对占黑组织过几次搜捕，都以失败告终，这家伙比狼群的首领还要狡猾一万倍。"顿了顿，贡波甲又说，"不过也不是毫无收获，我们彼此都给对方留下了点儿纪念品。"

"什么纪念品？"

"我把他的天灵盖掀掉了半个，据说后来他用一片合金给补上了。他也没吃亏，在我的体内留下了十几个铁砂子。"贡波甲笑道，"若是在机场过安检，我和他都会让机器嘀嘀响个不停。"

贡波甲的话让塔锡紧张起来，他再次重复："那应该只是两名普通的盗猎贼,不管是身形还是年龄,看着都不像占黑。"

贡波甲没有答话,他眯起眼,凝视着河对岸的树林不再吭声。突然间,有狼嗥从远处传来,只有一声,像是在对暗号。贡波甲仰起脖子,冲着天也号了一声。这一声回应,引来了更多的号叫,塔锡也兴奋地参与了进来。看到面前的两人如此沉醉,邬天张了张嘴巴,喉咙有些涩,但当号叫声从嗓子眼儿里挤出时,他感到了一种久违的快感。

吃过晚饭,塔锡便和两人告别。贡波甲并没有挽留,他告诉邬天,万籁俱寂之时,正是塔锡采集虫草的好时机,他能听到那些小虫子在地下窃窃私语。随后,邬天和贡波甲钻进帐篷,贡波甲早早便打起了鼾,巴蒂则在帐篷外面不出声地站岗放哨。只有邬天还在神思中寻觅着困意。

在陪侍妻子度过最后那段时光时,邬天的神经变得极度衰弱,各种微小的动静都会惊醒他,催促他查看医疗监视器上的数字。但此时此刻,贡波甲的鼾声却像是催眠曲一般,直呼得邬天眼皮发沉,身体发轻,他很快便沉入了梦的海洋。

大概到了后半夜,邬天被逼人的寒冷冻醒。他睁开眼,准备在睡袋上再裹一件皮衣,却看见帐篷上有光影变化,忽明忽暗,像是上古祖先绘出的神秘壁画。邬天钻出帐篷,看到数以千计的流星正划破夜空。有的流星留下了细细的银线,有的流星在低空爆炸,变成了一团久久不能散去的光雾。邬天不禁看得入了迷,边上的巴蒂也仰着脑袋,伸长舌头,好似那些流星全部坠落进它的眼窝。就连两匹马儿也将脖子依偎在一起,轻声嘶鸣。

"许个愿吧!"贡波甲从帐篷里探出脑袋。

邬天淡淡一笑,没有说话。

"你说咱们两个单身汉,跑到野外看流星雨,这得有多浪漫。"贡波甲接着调侃。

"那就祝愿这次行动平安顺利吧。"邬天说。

贡波甲点点头,看了眼手表道:"现在是凌晨四点二十分,距离天亮还有三个多小时,咱们收拾收拾就继续赶路吧。"

一个小时后,这支队伍重新出发。他们先是沿着河岸一路向上,来到了一处流水较为平缓的河滩。贡波甲翻身下马,低头在那些大石块间搜寻了片刻,然后用力推开了一块大石,一条钢索便立时跃于河面之上。

贡波甲冲邬天一乐:"你先脱还是我先脱?"

邬天明白过来,便和贡波甲一道脱了个赤条条,把所有衣服都绑在马鞍上,拽着绳索走入了河中。极寒的河水一瞬间麻痹了邬天的双腿,心脏也缩成了一团,呼吸几乎都要停止。前方,贡波甲却大声唱起了歌。邬天咬紧牙关,也从喉咙里逼出了几个音调来。接着,他感到血液开始一点点回流到四肢。行到中游,河水漫过了两人的胸膛,再往前,河水越来越浅。两三分钟后,他们便来到了河对岸,和早已泅渡过来的巴蒂会合。贡波甲冲着河对岸吹了个口哨,黑马和白马便踏入河中,激起了雪白的浪花。贡波甲不得不吁吁喊着,提醒马儿不要把背上的行囊溅湿。

13

上午十点，贡波甲和邬天彻底翻越了桃花谷，重新来到一处海拔更高的高山草场。此时，西隆山已经不再需要远眺，而是满满占据了他们的视野范围。

贡波甲指着雪山之间的一处凹陷道："那就是垭口，是翻越西隆山的必经之路。山的南面不仅食物更加丰富，气候也更为宜人，是许多野生动物的越冬地。"

邬天看到厚厚的云彩笼罩在半山腰的位置，垭口隐约可见，那里的气候想必会非常恶劣。

贡波甲查看定位仪，发现光点依然在山的北麓，他分析道："那群白唇鹿大概也在等待一个好天气，才会集体翻越垭口。"

"你有什么计划？"

"守株待鹿。"贡波甲说，"如果两名盗猎贼是奔着那头神奇的白鹿去的，那他们肯定会尾随在白唇鹿群后面，我们要做的，就是提前赶到垭口，设好埋伏，等待他们现身。"

邬天又瞄了一眼云山雾罩的垭口道："为了不被盗猎贼发现,我们大概是要迂回前进吧。"

贡波甲拍了拍邬天的肩膀表示肯定。随后,两人借助地形的相对高低,开始向垭口迂回快速前进。等到下午三点,他们已经来到了西隆山山脚下的一处山洞,再向上就是由无数巨石垒起的山脊。两人把马匹留在洞内,备足了草料,卸下了给养,披上白色披风,便带着枪支弹药,还有巴蒂,继续向上攀爬。

两人先是爬了一阵,到了半山腰处,又90度折角改变方向,向着隘口前进。坡陡地滑,巨石林立,若是不小心摔下去,就会粉身碎骨。小心翼翼地跋涉半小时后,他们抵达了预定的埋伏地——垭口小道上方的一条沟堑。此处既能挡风避雪,又能隐蔽埋伏。

定位仪中光点已经发生了位移。贡波甲望着渐暗的天色,脱掉鞋子,挠了挠脚丫："脚痒了,很快就会变天。"

邬天撇撇嘴："你这预测方式可够土的。"

贡波甲笑着举起望远镜,看了一阵便递给邬天。顺着贡波甲手指的方向,邬天发觉山下有一群灰色的小点开始向垭口方向走近,距离在三公里左右。邬天细细辨认,没有发现鹿群里有纯白的鹿。

贡波甲问："看到盗猎贼了吗?"

邬天转动望远镜,摇了摇头。

"没准儿他们也在哪块大石头后面藏着,正拿望远镜盯着咱们呢。"

"你倒是听天由命。"

贡波甲嘿嘿一笑说："西隆山是我的爹,桃花谷是我的娘,它们都会庇佑我的！"贡波甲从枪套里掏出92式手枪，又卸下背上的XY警用狙击步枪，捅了捅邬天的肋窝问："长的还是短的？"

"短的吧。"邬天说，"我用短的习惯点儿。"

贡波甲将手枪交给了邬天，交接的瞬间，两人都暗暗加了一把力。之后，贡波甲交代了伏击的战术，又低声对巴蒂说了些什么，便只身一人背着狙击步枪离开了掩蔽处，跑到两百米开外的另一处巨石后面藏了起来。

借着最后一丝天光，这群白唇鹿拥入了隘口，一共有二十来头，互相挤压磨蹭，不安地喷着响鼻，等待着在前方探路的头鹿发出通行信号。头鹿像一尊石像般，高耸胸脯，双目圆睁，唯有鼻翼在微微翕动。有一个瞬间，邬天觉得这头鹿已经嗅到了自己的气味，他不得不屏住呼吸。

随后，那对鹿角逆着风雪向上一挺，后方等待的鹿群便得到命令，排成"一"字队形鱼贯前进。邬天这时才稍稍探出脑袋，看到了夹在队伍中间的小鹿，也看到了拖在队伍后面的老鹿。这些老鹿步履蹒跚，四肢打滑，膝盖屡屡磕在石头上，还没来得及起身，就被后面的同伴推着继续前行。

约略走了一刻钟的光景，这群鹿完成了艰难的穿越，抵达了西隆山的南麓。此时风雪陡然增大，冲撞着狭窄的隘口，不仅发出骇人的声响，也几乎蒙住了邬天的双目。

几乎同时，巴蒂也警觉了起来。顺着它的目光，邬天发现两团雪正在褐色的石径上挪动——原来是两个披着白色披风的男人。他们每个人手上都握着一把长枪。邬天定了定神,掏出手枪,悄悄上膛。巴蒂则跳出沟堑,悄然尾随在两人的身后。

两团雪还在向上挪动,很快便靠近了贡波甲原先隐藏的位置。突然间,一声枪响,穿透了暴风雪的呼哨。两名盗猎贼先是愣在原地,像是在判断枪响的方向,随后便分散开来,试图找大石掩蔽。其中一人被冲上前的巴蒂从后方扑倒,手里的枪也摔了出去。这人翻转过身,看到了张着血盆大口的藏獒,便一动也不敢动了。

另一名盗猎分子见状掉头逃跑,邬天已从大石上翻下堵住了他的去路。两人相距不过三四米。盗猎贼举起长枪,还没来得及瞄准,就被邬天拽住枪管,沉下右肩狠狠撞在了胸口上。盗猎贼被缴了械,向后跌倒在地上,再想起身,已经被枪顶住了额头。

两名盗猎分子一老一少,看起来像是主仆。年轻的盗猎者只背了一把半自动步枪,全部的给养和弹药都由年老的那名盗猎者扛着。搜完身后,贡波甲讯问两人的身份和此番盗猎的真正目的。两人皆是沉默以对,男青年甚至扯出了一个无所谓的笑。

贡波甲当即决定返回,把他们带回磐城再行审讯。他用一条十米多长、焊有四个铐环的手铐链,将两名盗猎贼分别铐在中间的两个铐环中,又将头尾两个铐环铐在邬天和自己的手腕上,这样就形成了一支"一"字排开的队伍。唯有巴蒂自由地在队伍前后穿梭,护卫着他们的两翼。一个小时后,四人回到山下,和洞内的两匹马儿重新会合。

两匹马正焦躁不安地哼唧着,庞大的身躯几乎失去了平衡,一会儿互相挤压,一会儿又几乎跪在地上。

贡波甲摊开手掌,罩在黑马的眉心处,吸引它的注意力,然后侧身,看到它前蹄一侧被剜去了一大块肉,骨头都露了出来。白马也是一样。贡波甲心里一沉,转身揪住那名年轻盗猎者的衣领,逼问他到底有没有其他同伙。

盗猎贼只是笑,不说话。

邬天说:"我明白了,你俩只是诱饵,你们的头儿还在外面,对不对?"

年轻的盗猎贼满意地点头:"你知道就好。"

"山洞不能待下去了,会被人用枪封死在洞里。"贡波甲说。

"也不能回草原上,那里太辽阔,会被当成靶子的。"邬天补充道。

贡波甲攥紧了枪柄:"回山上,继续战斗!"

下定决心后,两人先用布条封住两名盗猎贼的嘴巴,然后调换了警察和盗猎贼身上的披风,接着又调整了队伍的顺序:两名盗猎贼位列队伍的首尾,贡波甲和邬天则位于队伍的中间。完成准备工作后,贡波甲望向两匹马儿,从邬天手里取回92式手枪,打开了保险,整张脸就像是钢铁浇铸出来的一样。

邬天意识到接下来要发生的事情,他问贡波甲:"必须这样吗?"

"它们回不去了,"贡波甲说,"这样可以提前解除它们的痛苦。"

黑马似乎明白了即将迎来的命运,它不再颤抖,只是直愣愣地盯着贡波甲。贡波甲举起枪,瞄准了黑马两眼中间的位置,它豆大的眼泪滑过油黑发亮的鬃毛。

一声枪响,黑马全身僵住,然后轰然倒地。

贡波甲将枪交到了邬天的手上。白马站立不住,弯曲前腿,跪在了邬天的身前。邬天从披风上撕下一块白色布条,蒙住了白马的眼睛,然后结束了它的生命。

离开山洞后,四人沿原路向山顶攀爬。天已黑透,风雪也愈发肆虐。那名年轻的盗猎贼却异常兴奋,他冲在前面,跳上了一块平坦的大石,用力挥舞左手,像是在招呼黑暗中的同伙。

他料定贡波甲不会向他开枪。

"砰"的一声,挥舞的左手垂了下来,年轻的盗猎贼身躯一抖,从大石上摔了下来。

同伙现身了。

三人立刻躲避。邬天和贡波甲挨得近,一同躲进了石窝里。老盗猎贼则匍匐在一道小沟中,大半个屁股露在外面。连着手铐的锁链,也在他与贡波甲之间被拉直僵持。

邬天试图冲上前将年轻盗猎贼拖进石窝,但刚露了半个脑袋,一发子弹就打在石头上沿,邬天不得已退了回来。

接着,另一发子弹打在了老贼的屁股上,老贼嗷嗷叫唤着。贡波甲不得已解开了手铐,方便老贼躲藏。意识到重获行动的自由,老贼不顾屁股的伤,连滚带爬向山下逃去。可还没跑远,又是一声枪响,老家伙的脑袋猛地一晃,向前跪倒在地,屁股撅着,脑袋埋在了石缝中……

"我把前面那个家伙救回来!"邬天说。

贡波甲冲邬天吼道:"不可能活了!"

邬天没有理睬,他将手枪伸出石窝上沿,连开数枪,随即一跃翻滚出去。贡波甲则手持盗猎贼的半自动步枪连着扣动扳机,以此作为掩护。

年轻盗猎贼口吐血沫,冲着邬天呻吟:"救我。"邬天用力拽着他的双肩,又是一声枪响,击中了盗猎贼的心脏。邬天愣了一秒,跳回了石窝。

贡波甲大声说:"我看到了枪手的位置,就在山顶两块石头的缝隙处。"

"你有什么打算?"

"他是一个人,我们是两个人,还有巴蒂,我们占据人数优势。"

"你的意思是要进攻?"邬天问。

"当然,我们是警察,不能让坏蛋来抓我们。"贡波甲话锋一转,嘿嘿笑道,"只不过咱俩得有一个人要交待在这儿了。记得桃花谷啊!"贡波甲丢下这句话,吹了一声呼哨,便和巴蒂如两支离弦之箭,分左右两路向上包抄过去。邬天立即接过半自动步枪,开始短点射,嗒嗒、嗒嗒,枪声很快就被暴风雪的呼啸所吞没。

巴蒂率先到达敌人埋伏的位置,冲山下狂吠起来。贡波甲随后赶到,只发现雪窝里有几枚从枪身抛甩出来的弹壳,枪手已不见了踪影。他刚弯腰去捡这些弹壳,右半边身子就被用力撕扯了一下,当即摔倒在地上。在愈发黑暗的视野中,他看到山阴下方两百米外,伫立着一个熟悉的身影。

与此同时,十几条灰狼从斜刺里向贡波甲倒地的位置扑了过来。巴蒂立刻守在主人的身边,向这些灰狼龇起了獠牙。临靠近时,这群灰狼分成两列,绕过贡波甲和巴蒂,转而向石窝里的邬天发起攻击。

邬天也在此时发现了这些野兽, 手中可用的武器只有92式手枪。枪口在一匹又一匹灰狼身上转移着,他却始终没有扣下扳机。他朝天开了两枪,头狼只是愣了一下,接着又带队冲了过来。

14

贡波甲再度睁开眼时,只觉得乌云就压在自己的脸上,草叶和碎石塞满了口腔。贡波甲自知这不是地狱,但横竖是熬不过这个漫长的寒夜。唯一可惜的是,邬天竟也要和自己一起交待在这片高原上。

此时,一阵冰凉从后颈处传来。他仰头去看,原来巴蒂正咬着自己的衣领,努力将他拖拽下山。一阵惨痛的欣慰在贡波甲的心底泛起。贡波甲不愿给这位老伙计添乱,于是,他勉强撑起身体,和巴蒂一起,踉踉跄跄地回到山下的洞里,体力也因此几乎全部耗尽。

贡波甲将脑袋枕在黑马的腹部,一层层解开衣服,血迹也从一小团变成了一大片。终于,贡波甲看清了枪眼所在,就在右肩的下方。子弹没有穿透,而是卡在肋骨中央。伴随着呼吸,贡波甲甚至能够感受到子弹的轮廓。贡波甲猜想,那枚弹头大概对肺部造成了伤害。

一时可能丢不了性命,贡波甲这么判断,但是在不久的将来,几个小时,最多一个昼夜,自己就会因为血气胸,又或者是失血失温而死在这里。

贡波甲把衣服合上,看着面前的巴蒂。这个家伙的眼神冷静而从容,一副胸有成竹的模样。巴蒂用粗糙的舌头舔了舔主人的侧脸,然后便转过身去,一头冲进了漫天的风雪中。

巴蒂不知疲倦地跑着,像一道黑色的闪电,洞穿了风雪构成的一道道屏障,也破除了大地沟壑上成片的迷宫。藏獒不属于猎犬,虽然近身格斗没有问题,但长途奔跑却是极大考验。

但是,巴蒂越是奔跑,野性的力量便越是在它的体内增强,这种野性来源于基因中的编码,更来源于大自然的呼唤。在这片距离天空更近的高原,这样野性的呼唤是一声声不绝于耳的回响,可以被所有高原上的生灵听到。

两个小时后,巴蒂冲出这片高山草甸,向桃花谷谷底继续前行。这里落雪无声,溪水流淌,许多动物为了躲避暴虐的风雪,选择退入山谷,藏身林间。巴蒂能嗅到它们的味道,那种睡梦的香甜。它的确也感到倦了、困了,以致一脚踏进了兽夹当中,然后急剧地向一侧摔了出去。等到翻身起来,它才发现这个兽夹此前已经被主人拆除了机关。巴蒂喘着粗气,下到河谷,蹚过溪流,回到了昨夜他们露营的地方,接着寻着气味继续寻找,一直到了黎明,才在一个地洞里发现了塔锡。

这个地洞是塔锡的临时仓库,里面藏了许多从山里面搜集来的中药材,他准备凑足量了再一起送回磐城去。塔锡还在地洞上面加了个盖子,覆了些树叶和泥土,目的是防备野生动物的袭击。塔锡的梦正做到一半，就听到有爪子在自己脑袋上方抓挠。塔锡不想理会，翻了个身准备继续睡，接着便听到了有东西在用牙齿撕咬盖子上面的木屑。

或许是哪个野兽饿极了，才会做出如此胆大冒险的行为。塔锡清醒过来，翻出铁钩，做好防卫的架势，准备等野兽一露脑袋，就给它狠狠地来一下。又过了会儿，撕咬声停了下来，变成了低沉的呜咽，其间还有吠叫，听得人心碎肠断。塔锡心下怀疑，竖起耳朵，捕捉到野兽后退的脚步声，越来越远，几不可闻。

直到此时，塔锡才把盖子掀开了一条缝，窥探外面的动静，发现十米外，巴蒂正站在那儿，大口喘着粗气。

在巴蒂寻求救援的这段时间，贡波甲从包里翻出了酒精和绷带，先是忍痛给伤口的周边消了毒，接着将绷带揪成团，塞进了伤口里面，试图阻止鲜血外流。完成这一切后，他重新躺好，认真感受体内正在发生的变化，他感到右肺已经变成了一个漏气的皮球，那些受损肺泡里的血液和气体正一点点地向胸腔挤压，几乎让他喘不上气来。

贡波甲望向洞外，他知道巴蒂不可能这么快返回，必须采取自救措施，否则他就会因为血气胸而憋死在洞里。贡波甲翻出一把小刀，用酒精给刀刃消了毒，然后将刀口对准了伤口下方两根肋骨的缝隙，咬住牙，轻轻地一划，皮肉便被打开，露出了下层的筋膜组织。再向下一刺，轻轻转动，打开一个小口后，贡波甲拨开刀刃，静静地观察这个新的伤口。

慢慢地，伤口处流出了一些颜色稍淡的鲜血，这些鲜血还泛着沫儿，鼓起了大小不一的泡泡。接着，贡波甲便觉出这个伤口被一种力量顶着，成了热水壶的壶嘴，吱吱地冒着气。与此同时，卡在贡波甲喉咙处的那只手也慢慢地松开，他感到自己又能呼吸了。

五分钟后，贡波甲袒露着胸膛，钻进了睡袋里面。这时，贡波甲觉出自己的身体正在迅速失温，几乎要冻僵。虽然刚和死神掰赢了一回手腕，但他不知道接下来自己是否能够熬过黎明前最黑暗、最寒冷的那几个小时。

有巴蒂领路，塔锡立即动身前往西隆山。途中，他还从另一名牧民那里借了一匹马，得以快速前进。等到他和巴蒂赶到西隆山山脚，太阳才刚刚升起。

贡波甲虽然极度虚弱，但还残留着些许意识。他瞥了眼一瘸一拐的巴蒂，请求塔锡和牧民先去隘口搜救邬天。塔锡思忖片刻，决定能救一个是一个，因此没有答应贡波甲，而是当即用木棍和篷布编了一副担架，再将几乎陷入昏迷的贡波甲绑在担架上面，担架的一头则固定在马鞍上，然后立刻返回磐城。

暴风雪已经停止，天色开始放晴。有一阵，贡波甲清醒过来，在担架上强撑起身体，望着越来越远的洞口，以及勉强跟在后面的巴蒂，泪水哗哗地往下流。

这支队伍沿着原路回到了桃花谷谷底。在河滩上，队伍稍作休整，手机也有了微弱的信号。塔锡拨打了磐城唯一一名医生（兽医）的电话，请兽医开车来接他们。

原地休整半个小时后,巴蒂才从后面赶到。它原本的指甲已被磨平,血肉和毛发都糊成了一片,黑色的鼻头也显出苍白的肉色。塔锡将一块牛肉扔给巴蒂,巴蒂嗅了嗅,没有张嘴。塔锡对巴蒂说:"放心,我会把你的主人送回磐城。你就在这里好好休息,不要再跟着了。"

　　巴蒂的喉咙里发出一阵呜咽,算是对塔锡的回应。

　　接着,塔锡再次出发。当他翻身上马时,巴蒂也挣扎着从草地上爬了起来。塔锡愣了片刻,长长地叹了口气。

　　接下来,这一行人来到了滴水崖,崖壁上的小路逼仄狭窄。塔锡不得不调整队伍顺序,让马儿走在前面,自己则跟在后面扶住担架。走到山崖中央的时候,贡波甲突然睁开眼睛,喊了一声巴蒂。塔锡停下脚步,回望了许久,终究,巴蒂还是没有从浓密的水雾中现出身来。

　　离开滴水崖,塔锡驱赶着马儿继续向上攀爬,不知爬了多久,突然听到汽车的鸣笛声。塔锡抬起头,看到兽医的面包车正停在山顶上。塔锡松了一口气,和兽医合力将贡波甲抬上了车子后座。

　　塔锡回头望向山下,等了半晌,却依然看不见巴蒂的身影。

　　兽医问塔锡:"不跟车走吗?"

　　塔锡摇了摇头:"我得回去,有个伙计还在后面的路上。"

15

因为失血失温,贡波甲在兽医的诊所昏睡了三天三夜,等到第四天他睁开眼时,发现子弹已经取了出来,就搁在床头的铁盘里,边上还有非常细小的带着血渍的碎片。贡波甲猜那是自己被打碎的骨头。

房间里没有其他人,手机也没有信号。贡波甲闭上眼,渐渐地,西隆山山顶再次弥漫起漫天的风雪,彻骨的寒冷令他不住发抖。贡波甲这辈子都没有感受过如此的失败和绝望。

正想着,一阵温热从贡波甲的掌心传来。原来,巴蒂正在床下仰起脑袋,伸舌头舔舔主人。白央和塔锡也不知何时围在床的两侧。他们的身后站着微笑的兽医。

“这是我的诊室。”兽医说,“情况紧急,所以立刻动了手术,取出了子弹,好在手术很成功,你的体格也是超级棒。本来想把你再转到县城的医院,不过,据说十二道梁子发生了山体崩塌,阻断了去县城的道路,县里的医院也联系不上。”

贡波甲想起刚刚手机屏幕上提示无信号，咬着牙问："什么时候，无信号？"

兽医说："就在把你接回来的那天下午，刚回到磐城，信号就没了，说是信号塔也被大雪压塌了。"

贡波甲闭上眼，想着在黑暗中蹿上天的那一束焰火，等他再次睁开眼时，看到了白央凝视自己的目光。他知道，这个女人现在还在等另一个答案。贡波甲摇了摇头，告诉白央，邬天遭遇了狼群的袭击，可能已经遇难了。

白央无声地哭了。

贡波甲和医生没有去安慰，而是任由白央哭了一阵。接着，贡波甲让医生先暂时从病房里离开，然后看着白央，喉咙一番艰难吞咽后道："我想请你帮我一个忙。"白央抬起了眼帘。

"我想让你去平远县公安局，告诉县局的警察在磐城、在西隆山都发生了什么。"

白央点了点头。

贡波甲则垂下脑袋，说："我不知道现在还能相信谁。"

"我得把益西带在身边。"

塔锡在边上补充道："我来开兽医的车，送他们娘儿俩去县里，如果遇到道路堵塞，我们就徒步继续前行。"

贡波甲忍着痛，感激地点点头，接着便从西隆山垭口的埋伏和反埋伏说起，然后顺着时间线倒叙，说起了更多已知的，以及有待验证的真相，进而把笼罩磐城的谜团的轮廓勾勒了出来。最后，他又将雪窝里收集到的弹壳交给了白央。对于白央，贡波甲没有任何隐藏，他相信这个即将踏上穿越高原旅途的信使,有必要对最坏的命运做好准备。

白央和塔锡离开后,贡波甲合上眼睡了一个多小时,醒来后就觉得饥饿难耐。他向兽医要了一盘烤牛肉。牛肉只有三四分熟,还泛着血腥味儿,一口下去,扯动了还未痊愈的伤口。贡波甲咬紧了牙关,血沫儿便顶住了嗓子眼儿,脑袋却也在此时泛起一个念头:这是我的磐城,不容他人在此放肆。

贡波甲放下盘子,环视房间。角落里堆着从两名盗猎贼身上缴获的物品:除了两把猎枪,就是一个硕大的背包。贡波甲将背包里的杂货倒了一地,有睡袋、餐具、几盒子弹,用紫色叶片一层层包裹着的大块牛肉,还有一个圆形的铁盒。拧开盒盖,里面是一对包浆发黄的骰子。贡波甲将这两个骰子拿在手里掂量,觉出不对劲来。他将一个骰子放在地上,用铁盒猛砸。骰子裂开了,银色的液体从里面流了出来。贡波甲见识过赌场的这种作弊伎俩,也熟悉使用这种伎俩骗钱的瘸子。

瘸子曾是一名赌徒,在赌场里使用作弊骰子时,被巴西穆的手下识破了骗术,当场被打断了一条腿。但这家伙除了赌博外没有其他的营生。后来,巴西穆丢给他一辆二手的公路赛摩托,让他帮着给赌场放哨。

这辆公路赛摩托的发动机声响极大,只要一发动,场子里面的人就知道警察来了,便作鸟兽散。不过赌场也不是每天都经营,大多数时候,瘸子只是骑着公路赛满磐城转悠,显得自己好像比断腿前还要威风似的。

正想着，轰隆隆的声音便从远处传来，贡波甲起初还以为是风的呜咽，但是近了，才确信那是公路赛发动机气缸运作的声响。贡波甲来到窗前，探出脑袋，看到瘸子骑着黑色的摩托一闪而过。可是只过了几秒，摩托车又转了回来。瘸子摘下头盔，盯着窗格里的贡波甲，一脸不可思议的表情。

贡波甲冲他"喂"了一声。

瘸子浑身一抖，重新戴上头盔就要跑。贡波甲也立刻出了房间，撞见了兽医，向他索要面包车的钥匙。兽医愣了片刻，提醒他面包车已经借给了塔锡和白央。贡波甲环顾四周，发现院子里有一辆山地自行车(大概是一位旅友在半途留下来的)。兽医还没来得及阻挠，贡波甲便把车子推出了门。

瘸子看到贡波甲追了出来，便骑着摩托车往山上跑。跑了两百来米，他回头看见贡波甲每向前蹬一下都极其艰难，便也放慢速度，不远不近地保持着距离，似在和这位曾经威风八面的警察开玩笑。

于是，两人相继驶过空荡荡的街道，驶过打烊的店铺，驶过寂静的废墟花园，花园里星星点点透着的光亮，就像是无数双观望的眼睛。越是向上，阳光就越是灼目，投射在贡波甲的眼底，形成了一道道如地狱般的发黑光晕，唯一能让他保持前进方向的，便是立在十二魂堡方尖塔塔顶上的那只金色的大鸟——那只在时光河流中引吭高歌、振翅翱翔的山鹰。

终于，贡波甲抵达了十二魂堡的广场。瘸腿骑手依然在一百米开外，但笑容消失了，脸上现出某种困惑。他张了张嘴，仿佛要问贡波甲什么问题，又或是给予他什么警告，但临到最后，瘸子只是摇了摇头，继续骑摩托车向山下驶去。

贡波甲深深喘了一口气，胸口同时感到一阵潫湿，大概是伤口重又裂开，涌出的鲜血渗透了纱布。贡波甲吐了一口血唾沫，然后继续蹬着自行车，绕过十二魂堡，追着瘸子一路向下。

从山阳到山阴，冷风如墙般扑向贡波甲的脸，如刀般割着他的手。道路蜿蜒，贡波甲几次险些失去对自行车的控制，摔出路边的悬崖，但又不知何故，临到失控前，某种力量接管过贡波甲紧握的车把，将他带回到安全的道路上。

最后，瘸子把摩托车停在了那口废弃的砖窑前，对贡波甲大声吼道："不是我干的，和我没关系！"

顿了顿，像是不确定贡波甲是否听清了，瘸子又吼了一嗓子："他们早走了！"说完，瘸子便加速向城外驶去。贡波甲扶着车把定了两分钟，让血液慢慢回流到身体各个部位。然后他走进砖窑，穿过长长的甬道，一直来到后院，看到一个人背对着自己，吊在大树上，没有任何动静，脚边是一个踢翻的小板凳。贡波甲绕到另一面，认出那是高岩。

贡波甲的心中瞬间泛起一阵痛楚，堵塞了他的喉咙。他双手托举着高岩的膝盖，想把他先举起再放下。但尸体太沉，贡波甲只得站在小板凳上，掏出一把匕首，一缕缕地割断麻绳。麻绳被割断的那一瞬间，贡波甲想抱住高岩，却因为力气不足，和他一起摔倒在地上。贡波甲翻过身，看着高岩灰暗的脸庞，仰天喃喃道："对不起，对不起……"

喘息片刻，贡波甲起身拖着高岩的遗体回到了砖窑外。他将自行车放平,让高岩的两腿分别卡在后座的两侧,然后一手扶着车把,一手搂着高岩,小心翼翼地扶起自行车。可是,车把刚离开地面,高岩的身体就歪倒在了地上。贡波甲只得重新寻找发力的平衡点,满嘴的血沫儿却几乎令他窒息。

恍惚间,贡波甲发现有一只鹰站在窑口的顶上,背着翅膀,脑袋焦躁地晃来晃去。贡波甲将蒙着眼帘的汗水拭去,发现一只鹰变成了两只鹰,不,那不是鹰,而是秃鹫,呼啦啦地又来了五六只,嘀嘀咕咕的,仿佛在商量将谁作为死亡盛宴的前菜!

贡波甲已经没有力气轰走头上的这群食腐者。他突然想起落玛尔寺的僧人曾经说过,时间最终会站在黑暗的那一边,而生命,只是一道倏然即逝的光芒。贡波甲不知道这道光还有多久就会熄灭。

在愈发模糊的意识中,贡波甲只觉得,如果黑暗真的要来,那就让它放马过来吧。

16

塔锡驾驶着兽医的面包车,载着白央和益西出了磐城,奔着十二道梁子的方向进发。

暴风雪后,至高无上的太阳重新接管过天空,梁子的顶峰正沐浴在一片金光当中。从那儿往下,便是目光暂不可及的十二道山涧。有消息说山体发生了垮塌,导致山涧里的道路中断。如果真是那样,三人便只能下车,徒步翻越那些林立的悬崖峭壁,抵达位于山谷末端的吟鸦坪。那里有卡友之家,想必会有许多卡车因为道路堵塞而选择停在那里。到那时,他们会想办法再搭一辆车,去往平远县城。

塔锡虽然有驾驶证,但许久没有碰方向盘,两只脚熟悉了一阵离合、刹车和油门后,才拧动了车钥匙,战战兢兢地挂上挡,但行不久还是会把发动机憋停熄火。坐在副驾驶座的白央依着惯性,不由得向前猛摔,又或是被抛回车座。好在益西侧躺在后排的担架上睡得正香,大半个脑袋都埋在毯子里,好像没有人可以把他从睡梦中吵醒。

为了开拓副业，兽医早就把后排座全部拆除，再放置一个担架，面包车就化身为一辆简易的急救车。有人受了伤，他就用这辆车将其送去县城的医院；如果有人病逝，也用这辆车将遗体运送到县城的殡仪馆。虽然医生很注意面包车内的卫生，但白央总是能够嗅到车厢内的某种气息——死亡的气息。三年前，她的丈夫阿难让病逝后，正是她雇了兽医的这辆面包车，从县医院将他的遗体拉回磐城，完成最后的告别仪式……

白央很少离开磐城，她是一个安静且易于满足的女人。自打出生，她就被父母教育要顺应自然的力量，而不是逆着它，甚或是去挑战它。于是，她上学、放牧、恋爱、嫁人……一切都那么顺其自然，没有意外的惊喜，却总能品尝到生活的恬静淡然。

当然也有过绝望，一次又一次，准时得就像是每年冬天的暴风雪。比如父亲在外拉货时，翻车坠入悬崖，致使粉身碎骨；孱弱的母亲心碎成疾，几年后也撒手人寰；还有她所挚爱的男人阿难让，他生前是一名森林草原巡护队队员，是贡波甲的搭档和副手。在那些盗猎猖獗的年份，白央经常在梦中梦到丈夫被犯罪分子用枪顶住了脑袋……一次又一次的巡护，一次又一次的战斗，白央忍受着漫长等待带来的折磨，也做好了丈夫某一天马革裹尸的心理准备。可造化弄人，击倒阿难让的不是盗猎分子，而是血液里那些畸形增生的细胞。再比如益西，随着年龄的增长，他的面孔、他的举止，甚至是他痴痴的笑，都显示出迟钝和愚拙，甚至有人背地里嘀咕，说白央的身上有着某种黑暗的诅咒，所有和她亲近的人都会蒙遭不幸。

对于这些议论，白央听在耳里，却没有放进心里。她没有怨天尤人，更没有因此而质疑自己。她只觉得这一切都是大自然的规则，冰雪消融成河水，河水润泽了草场，草场喂养了牛羊，牛羊哺育了人类，人类作为其中最不稳定的一个因子，打破或是维护着其中的某一个环节，但绝不是决定性的元素。因为和那些野兽一样，人们的肉体也会消亡，灵魂会飘荡在天地之间，变成冰雪，变成河流，变成牛羊或是阿难让、贡波甲、邬天，又或是益西。是的，她坚信大自然虽然剥夺了益西的智力，但一定在其他方面赋予了他非凡的天赋。

当把这一切想通后，白央便不会让自己沉浸在忧伤之中。而这个重又拾起对生命热爱的女人，更是让磐城的牧民汉子们刮目相看，并对她多了许多尊重。因此，当白央开办了客栈后，大家就有意无意地照顾她的生意，益西自然也成了磐城百姓心中最柔软、最善良的一个存在。

渐渐地，塔锡找到了驾驭这辆面包车的要点，车子开始提速，然后攀升，愈来愈接近十二道梁子，那块巨大的石碑在目光所及处形成了一个小小的凸起。塔锡看了看表盘上的数据，又扫了眼后视镜，发现不知何时，一辆墨绿色的吉普车出现在后方，相距大概有一百多米。面包车的车速慢，塔锡便踩了脚刹车，贴着路边行驶，把对方超车的空间留了出来。后方，吉普车也做了同样的操作，一点儿超车的意图都没有。塔锡心底生出一种不祥的预感，正犹豫间，另一辆墨绿色的吉普突然冲了出来，横在道路中央，彻底挡住了面包车的去路。

前车下来两个汉子，是兄弟俩，都是磐城的牧民，他们分别看守在面包车的两扇门边。其中的弟弟先问塔锡去哪里，塔锡张了张嘴，觉得对方是明知故问,便又把嘴巴闭上了。哥哥此时开口,语气中既有劝慰也有威胁:"前面的道路堵塞了,还是掉头回磐城吧。"

白央答道:"我们要带益西去县里,请你们让让路。"

兄弟俩探头瞥了眼后排的益西。

白央说:"益西小的时候,你们还带他玩过,让他猜你们俩谁是哥哥,谁是弟弟。"

兄弟俩的脸红了,却还是杵在原地没有动。

白央见状,打开车门下了车,想把兄弟俩推开,却见巴西穆从身后缓步走上前来,在白色大衣的衣摆下方,露着一截黑色的枪管。巴西穆说:"回去吧,别搞得收不了场。"

白央盯着巴西穆的眼睛:"你会杀了我吗?"

巴西穆笑了:"没准儿。"

白央向前逼近一步:"那就现在动手吧。"

"别以为我不敢。"巴西穆双手提了提裤腰带,大衣下摆里的枪管也撅了起来,抵在白央的腹部。

两人僵持在原地,总有人会来真格的。

渐渐地,大地开始颤抖,不断加大力度,把风卷成了波浪,推波助澜间,从公路的一侧涌向另一侧,夹杂其中的还有一声接一声的呼哨。就在成年人剑拔弩张之时,益西悄然爬上了吉普车的车顶,冲着路边的一头牦牛哞哞叫着。这头牛点了点头,又将这哞哞声传播到了远处草场上的牦牛群。

那些牦牛像是中了魔咒一样,全部停止啃食草皮,怔怔地寻找哨声传来的方向。其中一头先知先觉,它沉下牛角,瞪着眼睛,先是小碎步跑，接着便是大踏步地带领更多的牦牛向公路上的车辆和行人奔跑过来。

兄弟俩显然慌了，眼见着打头阵的牦牛就要冲到近前，他们赶忙躲回吉普车里，但势大力沉的牛头像敲门锤一样撞击过来，一头之后又是一头，吉普车终于被顶翻，滚下了路基。

巴西穆伸手想把益西拉下车顶，拽到怀里当人质，以此躲开牦牛的冲击。但白央将他一把推开。接着，巴西穆被一头牦牛撞得在原地打了个圈，勉强站稳后，他拽住了另一头牦牛的牛角，翻身骑在了它的背上，接着就被这头牦牛越带越远，消失不见。

当牦牛群跑远后，白央转身看向益西。也就是在此时，白央明白了大自然给予了益西怎样的馈赠。

17

接下来的道路便是一条通途,十二道梁子后面的山涧也没有发生人们传说的山体崩塌。塔锡加足油门,省去了晚饭的时间,赶在晚上十点前,将面包车开进了县城。

当塔锡和白央看到街道两侧亮起的路灯时,他们又犯起了迟疑:毕竟这么晚了,现在去公安局反映线索怕是没有人接待。但是他们也不敢住宿,生怕会被巴西穆和他的手下发现,引来更多的麻烦。于是塔锡将车子开到了一条小吃街的街口,里面有几家尚未打烊的饭店。

可还没等塔锡下车买饭,三个醉酒的男人便扶住了车身,有呕吐的,也有对着轮胎撒尿的,好像没有意识到还有人在车里。塔锡摇下车窗,刚理论了两句,其中一人就从地上捡起半块石头,只一下,便将副驾驶座的玻璃敲碎。塔锡怒不可遏,白央却劝塔锡保持低调,不要和这些人纠缠。

塔锡瞪着三人,在一片哄闹声中驶离了商业街,又在县城绕了一圈儿，最终把车子停在加油站外的一个露天停车场，准备就在车里对付一晚上。

夜晚气温迅速下降，车里冻得像冰窖。塔锡卸下罩在副驾驶座上的椅套，挡在破了洞的车窗前，接着又把暖风调到最大。寒风和暖风你来我往，各自劲吹，不多久后，后排就传来了益西的哼叫，小牛犊似的，还伴随着痉挛和抽搐，像是犯了癫症。

白央推了推益西的肩膀，益西还是紧闭着双目。白央将手背搁在益西的脑门儿上，感到一阵滚烫。白央慌了神，催促塔锡把益西送去医院。塔锡刚把车挂上挡，就看到两道光刺破了车厢里的黑暗。原来是两名巡逻警察正举着手电筒向车内窥探，并示意他们把车子熄火。

接下来，塔锡接受了警察的盘查。在被问到因何事来县城时，塔锡吞吞吐吐地看向了白央，白央也不确定是否要将磐城发生的一切告诉这两名路面巡逻的警察。他们迟疑的态度引起了巡警的警觉，巡警便提出要对车内物品进行检查。这一查不要紧，他们发现了两枚弹壳，还有一枚带血的弹头。加上后座一直在呻吟的益西，两名巡警便不由分说地将三人带回县公安局做进一步调查。

到达县局后，巡警试图将三人分开，准备分别带到不同的房间内询问。白央眼见着要和儿子分离，便冲两名巡警申辩嚷嚷起来。院子里的喧闹将楼上正在带班备勤的副局长给引了下来。这位副局长走上前来，眼睛眯了一下，指着白央说："我见过你，你叫……？"

白央一愣，反问对方叫什么名字。

副局长做了自我介绍。

"我叫白央,是贡波甲派我来的,他受伤了。"

副局长恍然大悟:"对了,你的丈夫原来是巡护员,他去世后,我给你送去过抚恤金。"

白央放下心来,赶忙说:"我有紧急的案件线索要向你反映。"顿了顿,白央又说:"但是请你先把我的儿子益西送去医院,他现在不太舒服,应该是发烧了。"

副局长立即安排警员将益西送去了县人民医院,接着又把白央请进了办公室,听她把这些天来发生在磐城以及郊外西隆山的事情从头到尾大致说了一遍。

白央说完后,副局长觉得事情非同小可,在沉思中,将记录在笔记本上的若干要点用红笔画了圈,并在空白的地方写下了"占黑"这个名字。

白央问道:"你认识占黑?"

副局长点点头:"我曾经和贡波甲一道追捕过占黑,贡波甲还替我挡过一次子弹。"

白央指着桌面上那两枚弹壳和一枚弹头问:"是这样的子弹吗?"

副局长将那枚带血的弹头捏到手中,端详了片刻,接着说:"这么多年来,占黑一直使用申屠烈生前用的那把猎枪。这个子弹的口径是对的,但是不是从占黑的枪管里射出来的,送去实验室检验一下弹道痕迹就能清楚。"接着,副局长问白央:"你刚才说,和贡波甲一起出去抓捕的,还有一名警察?"

"呃,是一名辞职的警察。"

"哦？"

白央张了张嘴，但是想到邬天可能已经葬身在西隆山中，一阵酸楚从心底泛了上来。恰在此时，去往医院的警员给副局长打来电话，汇报说不知是何原因，到达医院不久，益西就退了烧，经过身体检查后，也没有发现什么大碍，只是说自己刚才做了一个梦，梦到自己变成了一头牦牛，撒欢儿跑累了，肚子里空荡荡饿得受不了。警员们被逗乐了，就带着益西去了24小时快餐店吃汉堡、喝可乐。

副局长将这些转告给白央，让她安心，随后又在县局内安排了一间宿舍，让白央先住了进去，还安排了两名特警彻夜守在宿舍外。没过多久，益西也被送回了宿舍。看到母亲后，益西连打了几个嗝儿，像是计划得逞般腼腆地笑了。与此同时，窗外不知何处传来了一声鸡叫，接着又是几声来自不同公鸡的回应。白央觉得很安心，就像在家一样，不一会儿，她和益西和衣沉沉地睡着了。

等到第二日清晨，在副局长的具体牵头下，一个专案组已经成立起来，其中有刑警、特警和森林警察，还有从事法医鉴定、枪爆物品鉴定等工作的刑事技术领域的专家。他们大多参与过追捕占黑的行动，对于占黑都颇为熟悉。白央也第一次正式地接受了专案组的询问，回答了他们许多问题。等到询问结束时，已经过了吃午饭的时间。

白央有些发困，她没有吃饭便直接回到宿舍，躺在床上，闭上眼睛。此时阳光明媚，四下安静，半梦半醒间，白央想起了另一个女人，站在荒草滩的中央，茫然四顾，像是丢失了什么东西。白央起身，发现枕巾已被泪水浸湿。白央心下不安，悄悄来到县局大院，看到益西正昂着头仰望大院中央飘扬的五星红旗。白央轻声唤益西,带着他离开了县局。

　　从县局到殡仪馆有七八公里的路途,出租、公交都可以到。但白央坚持徒步,仿佛唯有这般,才能表达自己的歉意。益西也没有吵着累,而是默默地守护在母亲的身边。娘儿俩像是一对虔诚的朝圣者,一路向西,用了快两个小时,才来到殡仪馆的门外。

　　过了午后,殡仪馆便没有了清晨时的喧嚣。大门处除了行色匆匆的路人,就是些忙着接打电话的白事仪式主持人。在他们的口中,死亡既是一场送别,也是一门生意。还有一位行脚的僧人,默立在大门外,低头含胸,念念有词。

　　白央领着益西进入大门后,保安从门房里探出脑袋,问他们有何事。白央说祭奠一位朋友。保安有些不满:"都快下班了,为什么不早点来?"白央垂下眼帘说:"这位朋友是在日落时分离世的,她的骨灰就寄存在殡仪馆里。"保安无奈地叹口气,向她指了指存放骨灰的灵堂,便继续躲回屋里看电视去了。

　　所谓灵堂,实际是一个四下透风的棚屋,里面一排排码放着类似于超市货架一样的储物柜。除了数字编码,每个小格子上还有一张黑白照片,以及一张有关逝者身份的小卡片。

　　白央转了几转,来到了一个女人的灵位前,指着小卡片上的文字让益西读。"生于1986年10月4日,"顿了顿,益西跳过了那个不认识的字,接着说,"于2020年9月26日。"

　　白央说:"那个字念卒。"

"她叫什么名字？"

"乐茹。"

益西接着问："她是死了吗？"

白央默然不语。

此时，飞机在天空划出一条白线，县城渐次亮起了灯光，远处的雪山沐浴在最后的金色当中。白央鼓起勇气，准备把所有的歉意告诉这个叫作乐茹的女人，却蓦然发现，不知何时，她的身后站着一个人影，不是益西，但又是如此熟悉。

是邬天！

白央捂着嘴，心脏猛烈地跳动。她无法确定眼前的景象。如果说是人，那么他容貌消瘦，皱纹里尽是难以言表的沧桑；如果说是鬼，他的微笑中又分明透着惊喜和暖意。

正迟疑时，益西伸出双手，一手牵着邬天，一手牵着白央。白央终于笑了出来，继而，又热泪盈眶。

邬天说："我猜你会来这里。"

白央支支吾吾地说："你……你都知道了？"

"也是这几天才想明白了个大概，但是细节上面的，还有很多空白。"

白央垂下了眼睑，低声感慨："能活着就好。"

"也算是一次死而复生。"邬天的语气很庄严，"像是一段旅途，走过去了，再回头看，很多问题都会清楚。"

顿了顿，邬天又说："不过，我的遭遇先放一边，你还是告诉我，乐茹是如何自导自演，安排你来照顾我的吧。"

白央凝视着灵位上的黑白照片，沉默片刻，找到了故事的话头："其实，乐茹希望我们一同走出当下的困境。"

之后，白央便说起了两个女人间的隐秘约定：三年前，白央的丈夫阿难让被诊断出白血病后，加入了一个微信互助群，群里都是患有白血病的病友，大家交流病情，也为彼此打气。因为治疗白血病的特效药，特别是进口药的价格很高，偶尔也有人在群内赠药。当然，这也就意味着，这位病友要么就是已经痊愈，要么就是已经病逝，不再需要这些高价药，因此把生的希望传递给其他的病友。白央期望这样的事情不要发生在阿难让的身上。可是，阿难让的病情还是进入了加速期，由慢性转为了急性白血病，最后还是离开了这个世界。收拾遗物时，白央发现还有没吃完的特效药，于是她遵循了群里的习惯，用丈夫的微信号"纯净的海"发布了赠药的信息。

很快，乐茹便提出申请添加好友。双方做了自我介绍，约定好寄送药品的时间和地址，接着，乐茹便直截了当地问白央是如何接受爱人离世的。白央不知该怎样回答。事实上，白央还没有走出丈夫病逝的阴影，但是她承诺，会和乐茹一同探讨、一同努力。因为白央心里明白，乐茹也是在为未来做着某种准备。

就这样，两人在网络上成了亲密的好友。虽然白央用的是丈夫的微信号，但乐茹却往往是主导聊天的那一个。她的活泼、乐观，还有许多天马行空的想法，都让白央看到了高原之外的另一个世界。与此相对地，乐茹也对高原产生了无比的憧憬，特别是当她的病情也开始加速恶化，且等待骨髓移植遥遥无期后，她便筹划着一场穿越高原的旅途，不仅是为了生命的告别，也是为了送给丈夫邬天一份礼物。

邬天。当乐茹第一次说起丈夫的名字时,白央想起了那句著名的诗句:月落乌啼霜满天。当爱人离去后,那个叫作邬天的男人会不会也沉浸在霜满天般的忧伤当中呢?乐茹给出了否定的回答,她告诉白央,邬天是一名刑警,出生入死的,还从来没有怕过什么。不过转念,乐茹又对白央说:"邬天还是有一点儿害怕的,怕我会离开他。"白央默然,她明白,不管表面坚强与否,内心的柔软都是一样的。

于是,两个女人便在网上秘密商议,试图找到某种能让邬天从妻子离世的阴影中走出来的方法。可当乐茹提出自导自演一出穿越高原的生命大戏时,白央在心底并不很吃得准。她担心当乐茹在前半程结束退场后,她是否能够担起乐茹赋予她的后半程领路人的角色。她感到压力很大,并一次又一次地凝视着邬天的照片,揣测那是一个怎样的男人。

突然,一天清晨,有人叩响了白央客栈的房门。开门后,白央傻了,站在面前提着几大包行李的,分明就是照片里的那个男人——邬天;而在他的身后虚弱微笑,眼中却闪现着灵光的,就是她的秘密好友乐茹。

原来乐茹提前行动,连招呼都没打,就住进了白央的客栈。

在短短几天的相处中,白央能够感受到邬天身上那种趋于自我毁灭的力量,其中有忧伤,有懊恼,也有无法表达的怀疑。

背着邬天,乐茹悄悄地告诉白央,邬天或许已经对自己沉迷于网上热聊起了疑心,但大概还不知道"纯净的海"这个秘密情人的存在。乐茹还一脸坏笑地说:"这既是对他多年来只忙于工作,却疏于爱人的恶作剧惩罚，又是某种促使他内省，并开始一段新生活的契机。"不过，这个执着于追逐真相的邬天，自始至终都没有开口问过她聊天的对象是何人，大概是人之将死，不想这段感情有所玷污吧。

乐茹病逝后，邬天果真如妻子所料，被困在了原地，仿佛有些最宝贵的东西被他丢在了高原之上，令他茫然四顾，无法前行。白央看在眼里，急在心里。许多次，她都想告诉邬天这个秘密的约定，但临到最后，她都忍住了。她相信邬天一定会如乐茹所说，重新审视自己，整理安排，进而发现申屠灵，然后活过来。虽然这个过程将会非常的痛苦。

白央抬起眼睑："也是为了让你从忧伤的情绪中解脱出来，我就请你帮我找寻走失的房客，但没想到会让你担受了性命之危。"

白央说完话，两人均是一阵沉默，只有风呼呼地吹着。半晌，邬天才说道："其实，濒死的那一瞬间，我突然看到了很多事情，一幅又一幅画面，缓慢地在我的眼前播放，有些是我在场的，还有些我虽不在场，却也能看得非常清楚。这解除了我对乐茹的许多疑惑，甚至是误解。而当这些画面全部消失时，我竟然感到了某种温暖，觉得自己和乐茹又一次相逢了。"

白央点点头："所以，也就不会在意'纯净的海'到底是谁了？"

"事实上，我很感谢他，毕竟他陪伴着乐茹走过了一段艰难的历程。"邬天笑了，"只不过在当时，我还不知道那片纯净的大海就是你。"

白央红着脸，岔开了话题："那么，你在失踪后，都经历了什么？"

白央的话音刚落，益西就嚷嚷道："妈，冷啦。"

邬天摸了摸益西的脑袋，像是在自言自语："叔叔经历的，要比这里冷上一万倍，就好像被埋进了南极冰盖的最底层，一片寂静，隔绝了所有的视觉和听觉，好像这个世界与我已经没有了任何联系。"

邬天转向白央说："接下来的一段日子，我也想被这个世界暂时遗忘，如此，我才可以躲在幕后看清更多的事情，所以我才会选择在这个地方和你见面。"

"我明白了，"白央说，"你想让别人以为你失踪，甚至是死亡了。但是，你要我们做什么？"

"什么都不要做。"邬天的语气缓和下来，"我要你们平安、幸福。"邬天说完，向后退了一步，先是向白央郑重地敬礼，接着又转身，向乐茹的灵位敬礼。

白央看到邬天的胸口起伏，喉结上下滚动，好像有千言万语要与他的爱人说。但是临到最后，邬天只是淡淡地说："刚来高原时，我看到过当地人将逝者抬到山顶上做最后的告别，那会儿我不明白是为什么。如今，我也算是跨越了一次生死门。我才明白，灵魂是向往天空的。如果我死了，就把我葬在磐城，让我的灵魂继续向天际飞翔。"

说完，没有告别，邬天便借着浓密的夜色快步离去。

18

五天前,午夜。

邬天举起手枪,对着迎面而来的群狼,枪口在一头头野兽前徘徊,鸣枪警告也没有作用,最终只能收枪入套,掉转身子,沿着山脊线向另一个斜坡爬去。目光可及处有一道两米来宽的溶洞,里面是一条冰雪化成的地下河。邬天打算跳进溶洞,并以此为依托,阻挡狼群的进攻。

他努力奔跑,虽然无法摆脱那些山地狩猎者的追捕,但眼见着溶洞只有十来米的距离,邬天顶着高反引发的头晕目眩,努力向断崖冲刺,跑到近前,才突然惊觉一头精瘦的野狼正从斜刺里向自己冲了过来。

邬天连忙闪身,野狼扑了个空,旋即转身又扑了过来,邬天立足不稳,抱着野狼向后退步,竟然掉入了湍急的河流中。

一人一狼,在落差巨大的河流中向山下飞速冲去。浪水翻滚着,变成无数把尖刀,刺痛了邬天裸露在外的皮肤,又变成无数只触角,把邬天拖向河水的深处。邬天努力不让自己被淹没，在任何水流趋缓的地方，他都试图将脑袋探出来大口呼吸，同时瞥一眼前方的场景，躲避沿途尖利的峭壁。而那头狼，正在邬天的前方，仰着脑袋，顺流而下。借着河流的力量，它翻转过身，没有嗥叫，但眼神里的光分明显露着杀戮的渴望。

不知过了多久，邬天感到河流冲刷的力量没有那么强烈了。他抬起头，看到头顶只有一线的夜空，两侧则是莽莽的裂谷。大衣吸饱了河水，拖着邬天往下坠。邬天挣扎着浮出水面，开始向峭壁的边缘游去。

突然间，他感到胸口被什么东西撕扯了一下，再一晃神，那头野狼便冲破水面，獠牙划过邬天的鼻尖。邬天用手把野狼推开，只是一秒，野狼又重新扑了过来。两个陆生动物，在冰冷刺骨的河里开始了新一轮的纠缠。

野狼善游，不断变化着攻击的角度。邬天虽然也能勉力浮在水面，但终究不比野狼，且他没有尖利的獠牙，不能对野狼一击毙命，只能努力保护着自己的关键部位。在招架不知是第几轮的攻击时，邬天将左手腕卡在了野狼的尖牙当中，鲜血登时冒了出来。野狼也被鲜血刺激着，翻滚着身体，似乎要把邬天的整只左手给扯下来。但野狼也因此失去了身体的平衡，又一次翻滚时，邬天集中全身的重量，把野狼压在了水面之下。

野狼先是陶醉在鲜血带来的快感中，但是旋即它感到了危险。它开始挣扎，希望从邬天的身下翻回到水面上。但邬天用右手死死卡住野狼的后颈，一同感受那个窒息时刻的到来。

终于,野狼停止了挣扎,全身的毛发慢慢松弛,生命的力量已然归零。邬天又等待片刻,才松开右手,刚喘一口气,就被野狼拖拽着那只仍然没有松口的左手,向水底沉去。

邬天不得不沉入水下,在黑暗中摸到野狼的獠牙,一边用力去掰,一边继续下沉。终于,命运让邬天在最后的时刻挣脱了狼口,他却也拼尽了所有的力量。他的嘴巴、眼睛、两肺,甚至是心窝子里都灌满了冰水。邬天放弃了抵抗,整个人漂浮在无依无靠的天地当中,一直漂啊漂啊,不知过了多久,他感到身体碰触到了一块坚硬的所在,用手去扒,竟发现那是一片冰面。

邬天也在此时回过神来,他翻转过身,扒住冰面,压碎一片;又扒住,又压碎一片。但重新迸发出的求生意志,让邬天没有放弃,终于,他用身体蹚开了一条狭窄的通路,重又爬回到坚硬的雪地上。

也是在此时,他听到了一阵又一阵凄厉的哀嚎。邬天撑起身子,这才看到那头被他溺死的野狼尸体也已浮出水面,在月光下像是一块漂浮的石头。而湖的对面,则闪烁着一双双泛着绿光的眼睛。

或许是湖水的冰冷,也可能是湖面上同伴的浮尸,让狼群不敢轻易涉水去往对岸向邬天发起攻击。但邬天此时也是无路可退,他的身后,是几块陡然拔高的巨大山石,夹在其间的,或许有狭窄的小路,或许没有。

邬天试着起身继续前行,却感到体内传来一种顿挫感,势大力沉,仿佛要把他的身体拆成两半。邬天猜测是骨折了,他不敢动,只得斜倚在一块大石前,让呼吸平缓下来。他掏出手机,屏幕进了水,花花绿绿乱成了一片。他又掏出打火机,按了几次,都没有火苗冒出来。邬天在心中轻声叹息,他解开枪套,摸了摸冰冷的枪柄,然后彻底安静下来。也是此时,尖锐的寒冷慢慢钝化,成为一种无所不在的包裹,一寸寸地凝固着他的躯壳。

邬天将目光转回到冰湖对面的狼群。站在最前排的无疑是狼群的首领,它体型巨大,毛发灰暗,两只耳朵竖着,眼神中除了凶狠,还多了分狡诈,就像捉摸不定的死神。邬天望着它的眼睛,猜测它是想给自己的同伴报仇。也好,一报还一报,此时此刻,人和动物分不出高低贵贱。

邬天摸到一个小石块,用力丢了出去,石头在冰面上砸出一个窟窿,然后沉了下去。头狼不为所动。邬天明白,它们应该是在等待气温进一步降低,等到后半夜湖面结冰后再群起而攻之。

到那时还有多长时间呢?两个小时,或是四个小时?邬天想着,别说是狼群了,全身湿透的他还能撑多久呢?邬天只觉得肌肉麻木,呼吸麻木,然后神经也跟着麻木。每间隔几分钟,邬天就会用手指夹起一个石块向前抛去,只是抛物线越来越短,后来,邬天居然连胳膊都抬不起来了。也是此时,残存的理智在说:差不多是时候了吧。

邬天闭上眼,看到了西隆山顶,贡波甲还屹立在风雪当中,忠诚的巴蒂正在愤怒地咆哮;他看到了桃花谷里的满天星斗,倏然间燃烧并迅速坠落,点燃了整座山谷;他看到了白央打开客栈的门,脸上先是惊异,然后是喜悦,像是与老友重逢,把他和乐茹让进了房间。他还看到了十二道梁子顶上,乐茹指向远方,邬天极目远眺,发现有一群白唇鹿正在快速地穿越公路,跳入另一侧的草甸。突然间一声枪响，队尾负责掩护的那头雄鹿打了个趔趄，向前又跑了几步，然后跌进了泥潭当中……邬天听到了嘶鸣，痛苦且尖锐，慢慢充满了绝望。邬天焦急回身，发现乐茹已经不见了踪影，一头绽放着柔光的白鹿从邬天的身边经过，走向泥潭里受伤的雄鹿，用它的鼻翼轻轻触碰深陷泥潭的同伴的鼻翼。邬天只觉得鼻子发酸，眼泪几乎就要掉下来。

之后，邬天就彻底失去了意识。

再次醒来时，邬天已经浑身赤条条的，裹进一床厚厚的棉被里。在火盆的烘烤下，被子散发出一股浓烈的雄性荷尔蒙味道，让邬天瞬间清醒不少，进而观察起自己的周遭。

这是一间不到十平方米的小屋，内部陈设十分简陋，房顶垂下来的不只有电灯，还有许多风干的肉条，影子映在兽皮蒙着的墙面上，就像一条条死神的舌头。一双冷漠且凶狠的眼睛则藏在半明半暗的角落里。邬天撑起上半身，看清那是一只大鸟，立在房梁的另一端。这只大鸟斜着脑袋，刀锋般的喙半开着，一副好奇的模样。

正恍惚间，门帘掀开了，一个男人走了进来，手里托着个铁盘，里面盛满了被切碎的新鲜肉条。男人径直走到角落，把铁盘递到大鸟面前，一副毕恭毕敬的姿态。邬天不敢有所动作，怕破坏了大鸟饕餮的心情。

等大鸟吃饱后，男人转过身说："我劝你还是躺好，左腿不要发力，不久前我才帮你把骨头掰回原位。"

男人说话时，虽然脸是对着邬天，但眼神又像是斜向了别处，好像屋里还藏有其他的秘密。

邬天反问道："这是在地狱等待审判吗？"

男人笑了。"你经历了比地狱还要糟糕的事情。"随即，他的声音多了歉意，"我没有什么药物，但你的伤主要是骨折，稍微恢复下，应该问题不大。"

邬天想起了那条地下河、那片冰湖，还有那群野狼。

男人说："是德木亚先发现了你，然后向我报信。在它的指引下，我骑马到了风折谷，发现了已经冻僵的你。对了，还有几条冒失的野狼已经跨越了冰湖，即将对你发起攻击。德木亚俯冲了几次，便把狼给赶跑了。之后我把你驮到马背上，和我绑在一起，然后就带到这里养伤了，你已经睡了二十个小时了。"

"德木亚？"邬天看向阴影里的那只大鸟。

男人接着说："我们先是听到了枪声，知道盗猎贼又来了，便出发去寻找，德木亚负责空中侦察，它看得比我清楚多了。"

邬天说："也许我就是盗猎贼。"

男人摇头："你不是，我嗅得出来。"

"嗅出了什么？"

"警察的味道，"男人说，"和贡波甲身上的味道一样。"

邬天缓了口气，说："你认识贡波甲？"

"你身上的枪，就是来自贡波甲的枪库，这是一把警用的配枪。"男人笑道，"放心，这把枪就在你的枕头下面。"

邬天点点头："这是哪儿，你又是谁？"

"这里是西隆山的南麓，就在峡谷出口的边上。你所在的地方是我的猎人小屋，"男人停了停，"更准确地说，是德木亚的狩猎小屋，它是猎手，而我只是它忠实的伙伴。至于我是谁，这没有什么意义。"

"你总该有一个名字吧？"

男人沉默了片刻道："我的名字叫伦珠。"

"伦珠。"邬天喃喃着，觉得这个名字很熟悉，但一时间又难以和某一段过去产生勾连。于是，他接着问："你一直就住在这里吗？"

"是的，这里很安全。"伦珠这样回答，"除了你我，没有人知道这个地方的存在。况且还有德木亚守护着你，它会戳瞎任何进犯者的眼睛。它是金雕，是高原草场上最完美的猎人。好了，不多说了，你还是先休息吧。"伦珠说完，便离开了小屋。也就在此时，角落里的那只金雕侧过脑袋，缓缓地睁开了眼睛。

邬天不知道现在是几时几分，但猜测应是午夜。邬天隐隐地还能听到有狼在嗥，声音冰冷且决绝，他下意识地裹紧了被子。每隔上两个小时左右，伦珠便会走进小屋，有时给德木亚端上盘鲜肉，有时仅仅是来瞟上一眼，确认邬天的身体状态。

伦珠的眼睛灰暗无神，且眼神常常飘忽不定，就像地狱里的两团鬼火。而那只金雕的双目则简直比镶嵌在法老面具上的宝石还要璀璨，让人无法躲避其光芒。事实上，邬天觉得角落里的金雕便是伦珠的另一种存在。在经历了种种遭遇后，邬天已经相信，大自然会全天候24小时审视着每一个灵魂，令人疲惫，也令人心安。邬天忽视这种无所不在的审视，重新将注意力放在自己的身上：小腿的骨折虽然通过物理手段复了位，但一些经络还没有捋顺，稍微挪动一下，就会传来极端的痛苦。但痛苦总是暂时的,毕竟敌人还没有走远。因此,邬天决定听从伦珠的建议,或许在梦里,许多事情便能接上趟了。

就这样,邬天休息了约莫两天的时间,再也无法在床上继续躺下去。伦珠见状,将已经烘干的衣物交给邬天,帮他穿上,然后扶着他下床,出了这间小屋。刹那之间,山河的壮丽、天地的开阔便塞满了他整个视网膜,而腿部的疼痛则在不觉间被钝化了。

正如伦珠所说,他们所在的位置是西隆山的南麓,不比北麓的阴冷蛮荒,此处虽然也是大雪漫山,但气候没有那么极端,风也柔和许多。不远处,有小鹿将鼻子埋进雪里,啃噬下面的青草。天上有鸟群,呼啦啦一片,像是黑色的鱼鳍,很快便融化进云朵。邬天回过身,再看高耸的西隆山,发现小屋正好位于一片谷地间,地势相对较低,让人很容易忽视这里。

伦珠说:"正是因为西隆山挡住了冷风,南麓的气温才会高出不少,许多野生动物都会到这里越冬。"

伦珠又说:"往东再去三里地,有一处叫作风折谷的峡谷,里面散落了几片海子,太阳升起后,会一点点解冻,到了晚上,又会一点点冻上。此外,这片海子的周边还布满了溶洞,一旦跌进去,就很难再爬出来了。因此,野生动物来南麓越冬时,一般都是走西边的垭口,即便那里风大雪大,还是比风折谷要安全许多。"

"你们就是在风折谷里发现的我吧?"

伦珠点了点头。

"我好像是为了躲避狼群的追击,才掉进了溶洞里的一条地下河,然后被冲入了风折谷。"

"原来如此。"

接着,邬天问:"你是一个人住在这儿吗?"

"我早就习惯了独来独往。"

"为什么? 不孤单吗?"

"这里生机勃勃,为什么会孤单呢?"

邬天唔了一声,从地上捡起一个树枝,在雪地上画了几道,写下了一个名字。

伦珠将脸侧向邬天,微笑着说:"你写的是什么字?"

邬天说:"总觉得你失明了。"

伦珠点点头:"没错,我的眼睛瞎了。但是,在这片天地,我比正常人更能看得清楚。"说着,他伸出手臂,打了个呼哨。只见一个黑点穿过厚厚的云层,向下疾速俯冲,临近了才撑开翅膀,减缓速度,两只爪子抓在了伦珠右臂的皮垫上。

伦珠说:"德木亚是我的另一双眼睛,高高在上的眼睛。但是德木亚不识字,所以我还是想问,你在雪地上写的是什么?"

邬天将树枝递到了伦珠的手上,然后握住他的手,在雪地上一笔一画地重新写下了"占黑"这两个字。

伦珠明白过来:"你是想问我和他打过交道吗? 不过,在回答你的问题前,你能告诉我,西隆山顶的枪声,究竟是怎么一回事吗?"

19

接下来,邬天把这些天发生在磐城内外的事情和盘托出。叙述过程中,他还把每个人的名字都说了许多遍:骆天保、占黑、申屠家的哥儿俩、老周,还有申屠灵,以及她的母亲林珑。说到林珑时,邬天停了许久,细细观察伦珠脸上的表情。

说完这一切,邬天问:"这些人你大概都认识吧?"

"我能记住他们的长相,尤其是占黑,德木亚还经常能够瞧见他那合金的头盖骨反射的光亮。"伦珠笑着,说起了他和占黑之间的过往,"我们俩是同年出生,我只比他大几个月。我们在磐城一起长大,我们的父辈都是猎人,耳濡目染的我们接过了父辈的枪,都在实战中成了非常优秀的猎手。后来,磐城发生了饿狼围城的事件,不得已,镇上组建了猎人小队,试图达到杀死两三只,赶跑一大批的效果。我和占黑都是猎人小队的成员,但没想到的是,占黑因为冒进,居然中了狼群的埋伏,要不是我拼死相救,他的性命大概就交待在了那些狼口之下。"

伦珠舔了舔嘴唇，好似还能感受到当年那场营救的血腥："围城的狼群退了以后，捡了性命但丢了面子的占黑成天泡在酒桌上，听信了人们口中的谣传，认为真正驱赶并指使狼群的，是那头传说中的白鹿。因此，他的心底就暗暗起了猎杀白鹿的念头。但是此时，政府出台了法律禁止狩猎。我转了行，发挥野外追踪的特长，成了保护野生动物的巡护员。我很好地适应了身份的转换，但占黑身上的杀气却没有丝毫减弱。当猎人小队解散后，占黑失去了外出猎杀的理由，他的枪也被收缴了。但是，他耐心等待，一直等到申屠烈带着他的两个儿子来到了磐城。

"申屠烈是那种有很强征服欲的人，他也听说了那头神奇白鹿的传说，希望自己能把它猎杀，然后割掉它的头颅，挂在自己家餐桌后面的墙上。很自然地，占黑投靠了申屠烈，然后消失了好一阵子，没有人知道他去了哪里。不过我猜想，他是去了野外，替申屠烈追踪白鹿的踪迹去了。"

邬天说："我记得老周说过，申屠烈是遭饿狼围攻坠崖而亡的。"

"是的，和你一样，申屠烈也坠入了风折谷中，肋骨摔断了好几根。是占黑把申屠烈抬回到了磐城。当时，申屠烈还有一口气，勉强向两个儿子交代完后事，确定了公司的继任者后，就不治而亡了。"

"他为什么会坠入风折谷？是去猎杀白鹿吗？"

"我想是的，传说白鹿会守护在西隆山野生动物的迁徙途中，自然也会引得申屠烈和占黑追杀而至。"伦珠说，"申屠烈死后，占黑就不见了踪影，连带消失的还有申屠烈的那把猎枪，是原产于比利时的小口径狙击步枪。我想占黑是带着那把枪独自开始追捕白鹿的战争了,至今已经过去了二十多年。天啊,他的战争还没有结束。"

"那么你呢?你的命运似乎也发生了很大的变化。"

"我的结局不坏。"伦珠微微一笑,停顿了许久,像是舞台剧的转场,一片阴冷暗黑变化为一片春意盎然。

"从猎人小组退出后,我做了两年巡护工作。可是收入吃紧,保证不了每个月开支,申屠家的天舔牧业正好在招工,我就应聘成了一名拿工资的牧民。后来申屠烈去世,他的大儿子申屠云文掌管了公司。几年后,林珑来到了磐城,嫁给了申屠云文。由于林珑很热爱野外调查和救助野生动物,老周便找到我,希望我承担起保护林珑人身安全的职责。我想自己的老本行就是和那些野兽打交道,于是我又从一名牧民变成了一名保镖。"

"林珑,保护野生动物。"邬天重复道。

"是的。"伦珠点点头,"在那个还不富裕的年代,虽然政府出台了禁令,但还是有牧民会偷猎来改善生活。大力倡导并将野生动物保护付诸行动的,林珑还是第一个。"

"所以,她遭到了磐城老百姓的反对?"

伦珠摇摇头:"林珑还做了许多慈善工作,抚养孤儿、照顾病患、为孤寡老人料理后事。她的出现,改变了天舔牧业只讲究效率和利润的企业刻板形象。"

邬天掂酌着语言:"你和林珑一同出行野外时,都会做些什么?"

"林珑主要是去记录和拍摄野生动物的习性,以及它们的迁徙路线,有时候还会带着画板,给那些动物画画。我的任务就是保护她的安全,确保她不会受到野兽的袭击。"

邬天瞅着伦珠的侧脸，没有接话。

伦珠沉了一口气："我承认，我爱上了她。是的，我爱上了林珑。我没有见过那样的女孩，漂亮活泼，热爱生命，她的身上有一个我从来不曾领略过的宇宙。"

"她对你是什么态度呢？"邬天问。

"起初，林珑无暇顾及我的感受，她正被自己的婚姻折磨得痛苦和愤怒。"

"为什么？"

"她看到了，高原上不只有自由，还有许多的桎梏。"

"你是说申屠云文？"

伦珠的喉咙动了动，但没有说话，看样子是不愿意再谈及这个话题。

"于是，她越来越多地离开沉闷的沧浪阁，和你一起去往野外，那里更加自由，更加广阔，也更有爱。"邬天说。

"快乐总是短暂的。"伦珠叹息道。

"转折点在哪儿？"

"那是一场救援行动，同时，也是一次狩猎埋伏。后面的叙述会有些烦琐，也令我困惑，但是，那些画面都还在我的脑袋里面。"伦珠仰面向天，语气迟缓且低沉，"那是一个春日的清晨，林珑听说有盘羊染上了病毒，并迅速在种群内传播，便要我陪她一起去追踪患病盘羊群的踪迹。可临到出发时，申屠家的兄弟俩突然出现，提出要和我们同行。于是，我开车载着大家往桃花谷进发。到了路的尽头，我们下车徒步，一直走到桃花谷谷底，在河流前发现了盘羊群。

"就在此时，我们的队伍开始分散。林珑就在林木线的边缘，近距离观察羊群的情况；申屠云文站在不远处的一棵大树下，用刀削一截树枝；申屠云武则不见了踪影。我有些担心申屠云武，那家伙正是易冲动的年龄，是我们当中最不安定的因素。与此同时，林珑离开了林木线，一步步靠近盘羊群，而盘羊似乎不认为这个柔弱的女人有什么威胁，还是自顾自地在河边喝水。突然间，一头黑熊从林子里窜了出来，直奔河边而去。盘羊们立刻慌了神，它们踏着河流仓皇逃跑，激起了一层层的浪花。这些浪花吸引了林珑的注意力，她居然没有发现身后近在咫尺的危险。我见状要跳出去保护林珑，却发现申屠云文不知从哪里摸出了一把弩，双手端着，箭头已经搭在弦上，正对着我的胸口。我愣了片刻，直视他的眼睛。我看到他脸上有泪水，也挂着一抹怪笑，让人拿不准他到底要做什么。时间紧迫，在他犹豫的片刻，我从他的手里夺过了弩，对准那头黑熊射了出去。弩箭击中了黑熊的后腿，但没有刺穿，只是弹了一下，就掉在了地上，但这足以改变黑熊的奔跑方向。它吼了一声，跨过河流，消失在了对岸的密林里。"

"弩箭？"邬天问。

"是的，你真正想问的，是那发弩箭本打算要射向谁吧？"伦珠说，"这件事过后，我反复回忆当时的画面，还有申屠云文的表情。我确信，那一发弩箭本来是要射向我的。"

"一发弩箭，能伤得了人的性命吗？"

伦珠点点头。

"为什么？"

伦珠沉吟片刻道："后来,我听牧民们说,他们发现了一头病死的黑熊,躯干还算完整,但是整个后腿都烂透了。"

"你是说,那发弩箭的箭头上有毒？"

"我只是怀疑,没有证据。"

"等等,或许故事还有一种说法:黑熊袭击林珑,申屠云文为了解救妻子,击发弩箭,不小心射中了你,然后你中毒身亡,林珑也葬身熊爪,对不对？"

"或许,这是他们的计划,只不过没有实现。"

"但是,我不明白。"邬天说,"为什么黑熊会听从人的指令,去河边袭击林珑,而不是其他人呢？"

"因为麝香。"伦珠说,"回城后,我从林珑的包里发现了一个小香包,只有半个巴掌这么大。香包里面装了些黑色的粉末,味道奇香,和麝鹿的体味是一样的。我想,正是这包香料吸引了众多的猛禽。再加上林珑独自一人暴露在河滩上,自然成为野兽首先攻击的目标。"

"是谁把这个香包放进了林珑的包里呢？"

"我不知道,林珑说这不是她的物品。"

"为什么出发时没有发现？"

伦珠想了想说:"出发前,我并没有嗅到异常,但是当我们四个人挤上车时,我就闻到了这种香味。起初,我还以为是申屠云文或申屠云武身上喷了香水,如今看来,是有人在车上偷偷把香包塞进了林珑的背包里。"

"会是谁呢？"

"兄弟俩都有可能。"伦珠说,"我和林珑坐在车子的前排,兄弟俩坐在后排,他们都有机会做小动作而不被发现。"

"那一发弩箭,本来是打算射向你的?"邬天又问了一遍。

"是的。"

"那么这样看来,林珑则是由申屠云武来对付了。"

"现在想来,应该是这样的。"伦珠说,"只是,申屠云武不在我的视线范围内,他可能藏了起来。"

"事发那年,申屠云武有多少岁?"

"十七八岁。"

"他的本事够吗?别说是对付一个比他大几岁的女人,还有那些不受控制的野兽。"邬天提出质疑,"假使你中了带毒的弩箭,在毙命前,还是能搏命反抗一阵子的。"

"你是说,"伦珠放轻语气,"申屠兄弟俩可能有帮凶?"

"你是猎人,你能嗅到其他潜伏杀手的气息吗?"

伦珠摇了摇头。

"如果有,那一定是很厉害的对手。"

伦珠张了张口,没有把占黑的名字说出来。

接着,邬天提出了新的问题:"那个香包,还有里面的香料会是从哪里来的?磐城有没有熟悉各种草药的中医?"

"有一个男人,在这次救助行动前,来到沧浪阁住过一段时间。据说他原来在内地是药剂师。"

"是谁把他招来的?"

伦珠摇了摇头:"这个男人像是一名云游的行者,虽然才二十岁出头,但是头发都掉光了,甚至胳膊和腿上的体毛都几乎全部脱落。对了,他的身上也散发着奇香,还经常变化气味,整个人就像一个带气味的变色龙。"

"他现在人呢？"

"应该还在高原,他曾宣称要做高原的神农。"伦珠说,"有时,我还能在空气中嗅到他的气息。"

"如此一来,作案工具有了,主犯和从犯都有了怀疑对象。"邬天沉默片刻,有些抱歉地说道,"希望你别介意我的用词,但仅仅为了一顶可疑的绿帽子,兄弟俩就有足够的动机对林珑痛下杀手吗？"

"我不知道。"伦珠垂下了头,"当时,我被爱情冲昏了头脑,把很多事情都想得太简单了。我甚至没有想过林珑会为此而付出怎样的代价。"

"你也付出了代价。"

伦珠没有答话。

"说说吧,你是怎么失去视力的？"

"如果这些对你有帮助的话,我愿意告诉你。"伦珠说,"从桃花谷返回磐城后不久,一天晚上,几名牧民拉我吃酒,当晚我并没有觉察出异样,但到了第二天清晨,当我睁开眼,发现世界一片黑暗。起初,我以为是天还没亮,后来,我又觉得自己是在做梦。当我翻滚身体,从床上摔了下来,我才意识到,自己瞎了。我跌跌撞撞地冲出家门,站在道路中央,一步也没有动弹,以为再等一会儿,视力就会像被施了魔法般恢复过来。我等啊等,等到风从我的发梢吹过,等到人声和车声从我的耳边拂过,等到阳光从我的睫毛间的缝隙流过。除了眼睛看不见，我的其他官能都被放大。大概过去了一个小时，有人来到我的身边，攥住了我的手腕，什么话也没说，就带我一直往前走。经历了几次磕绊后，我掌握了节奏，慌乱的心也开始慢慢麻木。"

伦珠停了停，像是把自己的思绪从深不见底的泉眼里打捞出来："大概走了几个小时，那个攥着我手腕的人松开了手，悄然离去。而我还待在原地，感受周遭的一切：潮湿的地面，风的呼啸，鸟的鸣叫，雪片落在我的脸上，瞬间融化。我躺了下来，以为自己跌倒在通往阴间的道路上，总会有地狱的使者来带我继续前行。是的，我以为刚才攥着我手腕的，就是地狱派来接引我的使者，他只是暂时离开，去领取地狱对我的判决，于是我继续等待，与此同时，听觉持续被放大，我听到了更多的回响：有狼迈着轻巧的步子，踏过草甸，绕过水网，停在不远的地方，大概是在试探。又过了会儿，更多的狼来了，把我围在了它们的中央。我心中不禁苦笑，没有任何审判就派饿狼来惩罚我的罪恶，是不是太草率了。可就在狼群即将发起攻击时，德木亚来了，就像是从天而降，它扑扇着翅膀，张开了利爪，我听到了几声尖厉的叫声，接着就是那些野狼逃窜的声音。等到德木亚轻柔地站在我的肩膀上时，我才意识到，我并没有被投进地狱，而是依旧存活在这片高原上。"

"德木亚，"邬天看着金雕的眼睛，"它为什么要救你？"

伦珠松了一口气："德木亚还是一只幼鸟的时候，它的母亲把窝筑在了山崖上，但是这个窝被偷吃的狐狸袭击了，德木亚从山崖上摔了下来，是我把它带回抚养长大，教授它如何在野外捕猎，一直到成年后才把它放归到野外。"

"一只鸟儿都有这般的情怀。"邬天感慨道。

"事实上,在高原上,许多动物要比人高尚得多,他们懂得并遵循大自然的规则。"

"那么后来呢?"

"德木亚成了我的光明使者。在它的引导下,我先是暂避在一个山洞里,接着,它陪伴着我穿越了风折谷,来到了这个被荒废的猎人小屋。慢慢地,我开始了新的生活。"

邬天沉吟片刻,接着问:"你有没有想过,是什么原因导致你的失明,又是谁把你丢弃到荒郊野外呢?"

"当度过生存的危机以后,这些疑问在我的心里慢慢浮了上来,但想了很久都没有明确的答案,我只知道,是有人背弃了我的信任。此外,这些思考的过程困扰着我,令我头痛,也令我恐惧。最终,我将这些问题又都放下了。"

邬天没有追问,而是换了一个话题:"你有没有再回去过磐城?"

伦珠摇了摇头。

"有没有想过要去复仇呢?"

"如果没有明确的敌人,"伦珠笑道,"那还要找谁去复仇呢?"

"看样子,你把那些仇恨也都放下了。"

"如果你选择要和仇恨相伴一生,那么,仇恨总会有战胜你的那一天。因此,最大的敌人还是自己。"伦珠长长地吁了一口气,"不管是爱,还是恨,都是自己灵魂的某种投射。"

邬天沉吟道:"话虽如此,林珑呢,难道你不牵挂着她?"

"我只是知道她失踪了。"

"死了，还是通过某种方式离开了磐城？"

伦珠抿了抿嘴唇："我想，她应该是找到了一片自由的天空。"伦珠转身面向邬天："你相信有绝对自由的心灵吗？"

邬天张了张嘴，有些结巴："我不知道。"

"虽然我看不见你的样子，但我能嗅得出来，你的身上郁积着某种情绪，就像天空上厚厚的乌云，你在积蓄力量，从雨带中挣脱出来。"

邬天被说得有些尴尬，含糊应对："我曾经是一名警察，追逐真相的目的不只是为了受害人，也是为了我的信仰。"

伦珠微微一笑。"从桃花谷谷底的那场埋伏归来后，我预感林珑已经在做离开的准备了。只是……"伦珠口气一转，"你知道的，磐城是一个非常闭塞的地方，无数双眼睛都在彼此相望，她想离开，大概没那么容易。"

伦珠的话让邬天想起了那条从十二魂堡一直延伸出城的地道，他不知道伦珠是否知道那条地道的存在。

"最后一个问题。"邬天发问，"你有没有见过那头具有神奇能力的白鹿？"

伦珠摇了摇头。

"即便你在这个猎人小屋住了这么久，都没有见过它？"

伦珠笑了："我是个盲人，就算一头鹿来到我的面前，我也看不到它的颜色。"

"好吧，对不起。"邬天很郑重地说。

伦珠说："我知道，占黑一直在追杀那头白鹿。这是他毕生的理想,也是他毕生的敌人,也有可能是申屠烈,以及他的两个儿子的敌人,但正如我刚刚所说,爱与恨其实都是我们内心的投射,在你我的眼中,那头白鹿不是敌人,而是平安吉祥的使者。因此,从这个意义上来说,那头鹿是黑是白,并没有多么重要。"

此时,德木亚开始调整站姿,还不停地摆动着脑袋,显出某种不耐烦的情绪。伦珠抱歉地说:"它厌烦了我们的啰唆,想回天上待一会儿了,我也不能陪你了。"说着,伦珠的嘴巴发出一声呼哨,德木亚展开翅膀,盘旋着,不一会儿,就到达了西隆山半山腰的位置。与此同时,一匹马儿飞奔到伦珠的身边,还没站稳,伦珠便抓住它的鬃毛,翻身上了光溜溜的马背。

人与雕离开后,邬天暗想伦珠刚刚提出的有关自由的问题。在心底,邬天的回答是:灵魂若想绝对的自由,需要近乎绝对的放弃。

20

邬天在猎人小屋养伤逗留期间,伦珠每隔一段时间(有时大半天,有时三五个小时)便会来探望一次,并送来一些食物,有狐狸、兔子,甚至还有蛇。邬天不禁在脑袋里描绘起德木亚抓起一条蛇在高空翱翔的画面。

至于消失的那段时间,伦珠都去了哪里,又是否有其他的居住场所,邬天没有问,也没有试图去暗自跟踪。邬天只是在小屋及附近做着康复训练,并一点点熟悉身处的环境,像是勘验犯罪现场一般,为伦珠的离群索居寻找合理的线索与痕迹。

与此同时,伦珠也带来了占黑的消息:"准确地说,是德木亚发现了他的踪迹。他先是在西隆山的北麓潜伏了许久,随后在南麓短暂逗留,接着又回北边去了,现在徘徊在磐城的郊外。"

"我也该出发了。"邬天伸了个懒腰。

"你往哪儿去?"伦珠问。

"平远县城。"

"因为申屠云武住在县城？"

"是的。"

伦珠点点头，将自己的马借给了邬天，说这匹马熟悉去往县城的路，一旦抵达公路，马就会掉头返回，带回邬天平安的消息。

邬天用右手接过马的缰绳，停了停，口袋里的左手食指还缠绕着一圈乌黑的长发。邬天犹豫了会儿，终究没有将这绺长发掏出口袋。

和伦珠告别后，邬天骑着马走了大半天的路程，快到傍晚时，抵达了贯穿平远县城的唯一一条公路。等了没多久，就有一辆货车驶来。邬天拦下货车，提出了搭车的请求，然后拍了拍马的屁股。马扭过脖子，用那一排硕大的牙齿轻轻啃了啃邬天的脑壳，然后就掉头离去了。

搭上货车又走了三个小时，等到进入平远县城，已经过了夜里十点。说是县城，但是因为地处偏远，无非就是几条横向纵向的大街，编织起了人们的生活空间，其间散落着大大小小的市场、小区、办公楼房，以及供人抵达或离去的车站。由于天气寒冷和人烟稀少，很多店铺早早打烊了，唯有不多的小客栈、小食店还亮着灯。邬天虽然曾经来过县城，但只是在火车站或汽车站短暂停留，对城里的布局并不熟悉。另外，经历过风折谷那一夜后，邬天可不想再挨冻了，因此，他想找到一个可以过夜，同时又不用暴露身份的场所。

对于邬天来说，这倒不是件难事。

邬天拦下一辆出租车，告诉司机拉他去一个可以活络筋骨的地方。邬天的嗓音轻浮,似带醉意。司机自然会意,便开车载着这位意图寻欢的客人去了几家桑拿浴室,但邬天只是瞥了眼门脸就都给拒绝了。司机也不急,毕竟计价器上的数字还在跳动。绕了几圈后,邬天对县城的布局有了更为清楚的了解。随后,他们路过一个灯火通明的大宅子。邬天拍了拍司机的肩膀道:"我看这地儿不错。"

司机笑答:"这可不是什么桑拿浴室,是咱们县里首富的房子。"

"首富是谁?"

"申屠云武啊,天舐牧业的老板。"

邬天撇撇嘴:"这个世界上老板多了去,没什么稀罕的。"话音刚落,就听到里面嘭的一声,像是什么东西爆炸了。邬天一惊,司机却是非常淡定地告诉邬天,里面在做法术。

邬天提起了兴趣,追问是什么法术。

司机摇摇头:"乱七八糟的都有吧,最近从车站接了不少法师神婆送到了宅子里面。"

"谁魔怔了?"

"还有谁,那个首富呗,据说是脑子被什么玩意儿控制住了,整个人就不好了。"司机停了停又说,"先前来了不少医生,有的还是从国外请回来的,多番治疗但是一直不见好,估计也是死马当活马医,所以就请来那些法师神婆了。"

邬天将一张百元钞票递给了司机:"这些神婆和法师都住哪儿?不瞒你说,这些年我走南闯北,也听了些法术,对这一套还挺感兴趣。"

司机爽快地接过钞票:"前天夜里,我送一个驱魔的班子去了一家桑拿浴室,小地方,离这儿不远,你要是不嫌寒酸,我现在就带你去。"

司机口中的桑拿浴室,实则是可以留宿的澡堂子。外间,十来个汉子睡在大通铺上,此起彼伏地打鼾;里间,有人泡在水池里,水汽升腾,看不清长得什么模样。邬天环顾四周,发现一张床边摆放了一个便携式的音响,以及各种动物模样的服装道具。邬天捡起一个黑色的鹿头头盔兀自端详,头盔又重又脏,五官也是潦草至极。

蓦然间,邬天感到有人站在自己的身后。原来是一个瘦瘦的小孩,年龄大概八岁。男孩仰着头,没有说话。邬天指着黑色的鹿头问:"你戴的是这个?"

小孩掀开一块床板,从里面拿出一个白色呢子的鹿头头盔戴在头上,随即,鹿嘴里传出了小孩的笑声。

这一串笑声,引起了水池里正在泡澡的人的警觉,只见他缓缓起身,小心翼翼地跨过池子边沿,穿上拖鞋,光着身子来到了邬天的面前。

这是一位老者,伛偻着背,颤颤巍巍,给邬天以一种即将枯死,却还在树枝上挂了一片绿叶的风雨飘摇感。小孩挽住老者的手,还在哼唱着难以听清的歌谣。老者说:"该出发了。"他的声音不高,但是足以唤醒通铺上所有沉睡的汉子。大家打着哈欠起身,一边各自寻找自己的家伙什儿,一边斜眼瞅着邬天这位陌生的来客。没有人索要邬天手里的黑鹿鹿头。等到汉子们鱼贯离开浴室后,那名老者也已穿好衣服,然后对邬天道:"跑了一头黑鹿,你来演吧。"

邬天一愣，明白过来，便跟在仍旧哼唱歌谣的小孩后面一同离开了浴室，走上了空无一人的街道。

这是一支极度疲乏的队伍。十余人沿着马路边沿排成了一条长线，没有人交头接耳，也没有人掏出手机翻看消息。他们就这么沉默地行进着，就连先前哼歌的小孩也噤了声。在寒寂的路灯照耀下，他们仿佛正在为一个看不见的死魂灵送最后一程。

走过两个路口后，这支队伍停了下来。那个小孩跑到队伍的最前头，戴上了白色的鹿头头盔。鹿头后面，是由那名老者撑着的、披挂着白色绸缎的白鹿骨架。其他汉子，包括邬天在内，也纷纷戴上了黑色的鹿头头盔。不一会儿，这支化身为鹿群的队伍便抵达了申屠云武大宅子的门外。院门也在此时打开，将这支队伍吞入了腹中。

进门后，绕过一块嵌有狮子头塑像的影墙，大家来到了一处小广场。广场上矗立着一座四方高台，约有半个篮球场那么大。四组照明灯将光束聚拢在高台中央，让身处其中的人无法看清台下藏了哪些魑魅魍魉。

一个汉子用手机连接上了音箱，嘈杂的锣钹声开始在院内回荡。领头的白鹿像是得到了命令，向前一纵，两只前蹄已经跳在了高台上。与此同时，其他黑鹿分别从高台两侧登场。暂时的混乱后，白鹿重新站在了这支"鹿群"的最前方。

邬天排在队伍临近末尾的位置，他试图模仿并跟上其他黑鹿的动作和节奏，但混乱的音乐，让黑鹿们的步点都失去了准头，致使队伍时而分崩离析，时而摩肩接踵，唯有那头白鹿还昂着头颅，为鹿群寻找前进的方向。

"我是用心看的。"光头指着心口窝，接着又抽了一口，然后缓缓地将烟气吐了出来，那是一种完全不同于普通烟草的香气，邬天一时间难以用语言去形容这种气味。

"我见过你。"光头拧灭了燃烧的烟头，"昨儿个夜里，你演了一头又大又蠢的鹿。"

"你的记性不错啊。"

光头笑笑："怎么，是小鹿离群了，还是老鹿被抛弃了？"

邬天笑笑，不置可否。

"热闹劲儿不会持续太久了。"光头的声音有些慵懒。

"怎么了？"

"当然是那个疯子快要完蛋了。"光头有些愤愤地骂道。

邬天沉吟了片刻，问道："让我们演白鹿和黑鹿，是有某种象征？"

光头翻眼瞅了邬天一眼："当然，找你们来就是驱魔的。"

"什么魔？"

"心魔。"

"我不明白。"

光头停了片刻，然后说道："疯子一睡觉就梦到有一头白鹿来追他，用牙啃他的脑袋，用蹄子踢他的屁股，用放的臭屁堵塞他的鼻孔。反正就是各种恐怖，比鬼压身还要恐怖。疯子为了逃避折磨，就硬撑着不睡觉。可是，人一旦长期失眠，就进入了一种混沌的状态，分不清白天和黑夜，看不透现实和梦境，精神上所有的防备都纷纷崩塌。那头白鹿又重新乘虚而入，继续用它那一排恐怖的大板牙去啃噬疯子的脑袋。"光头呵呵笑道:"这些梦境都是那个疯子神志稍微清醒的时候说的。"

"你说的那个疯子,就是申屠云武吧?"

"当然,除了他,谁还有本事整出这么大的动静呢?"光头瞧向邬天,"这不就是你的目的吗?坐在这里,偷眼瞧着这一切。那么,你是谁?"

"我是谁?"邬天重复着,直视光头的眼睛,"我是一头黑鹿,翻越了西隆山,误打误撞地来到了城里。"邬天的话音一转:"可是,我不属于这儿,就像院子里的那个疯子,也包括你。"

光头暴突着眼球,回应着邬天的直视,沉默许久,光头笑了:"尘归尘,土归土,高原上最不讲的就是我们的来路。"说完,光头重新用打火机将纸烟点燃,然后递到了邬天的手上。

邬天瞅着这支皱皱巴巴的纸烟,仿佛看到了他卧底时曾经历的那些危险场面。可此时,邬天已经没有了恐惧感,他捏起烟屁股,放进两唇间,刚吸了一口,光头就在边上提醒道:"悠着点,劲儿大。"

"什么?"邬天看向光头,还想发问,就听得嘭的一声,有如香槟突然被拔掉了瓶塞,泡沫四起,淹没了邬天的脑壳。说话变成了咕噜咕噜,呼吸也变成了咕噜咕噜,邬天只觉得自己越变越小,越来越滑溜,和鳝鱼一样,沿着黑色的通道迅速滑走。去往哪里,天知道!大概是咕噜咕噜的王国吧。

就在即将失去控制时,有一个钩子钩住了自己的上颚,一会儿用劲往前拉,一会儿又松一阵,接着再用劲,邬天只觉得精疲力尽,全身撕裂。为了最后的尊严,他咬紧牙关,不屈不挠。最后,他从那些泡沫里挣脱出来,迎着太阳,大口地喘着粗气。耳边,有人在笑说:"宝贝儿,没事了;宝贝儿,没事了。"

邬天清醒过来,先看到脸色煞白的面馆老板,然后才是笑眯眯的光头,光头眼神里满是骄傲。

"怎么了?"邬天觉得整个口腔都在发麻。

"刚才那一口抽猛了呗。"光头说,"叫你悠着点的。"

邬天用舌头在口腔里游走,试图缓解那种麻痹感。光头在边上迫不及待地问:"刚才你看到了什么,就在你神游的时候?"

邬天闭上眼,想到了大脑刚刚经历的一番恐怖旅途,邬天说:"我觉得我变成了一条黄鳝,或者是一条其他什么鱼,然后被人用鱼竿给钓了上来。"

光头拍掌道:"哈哈,有趣。不过你的幻觉还是挺准的,我刚刚拿了一粒药片,塞在了你的舌头下面,那一粒药就是鱼钩,把你从水底给拉上来了。"

邬天看到重又被拧灭的烟头,静静地躺在桌面上。邬天低声说:"这个是,毒、毒品吗?"

光头露出了不满的神色:"当然不是,这是我的珍宝,是高原对我最好的馈赠。"

"它会让人产生幻觉。"

"没准儿我们现在所处的世界就是一场幻觉呢。"光头说,"与其对抗,不如好好享受。"

"这些都是你自己研制的吗?"

"当然,这个纸烟是我亲手卷的,是帮我从这个糟糕的世界里暂时抽离的灵药。除了这个,我还有更多宝贝呢,不过你放心,这些都是合法的,至少到现在为止还没被列入禁止的名单。"

"我明白了,你是想用这种方法让申屠云武从他的心魔中解脱,用一个幻境去取代另一个幻境。"

光头点点头,转而叹息道:"可是这个疯子想的是战胜内心的魔鬼,而不是把自己的身心交给更伟大的力量。"

"你不像是医生,倒像是一名魔法师。"邬天说。

"你怎么知道我是一名医生的?"

"很多年前,磐城山顶的庄园着火时,你拍下照片,传到了博客上面,后来又被新闻媒体引用了。这些都是有据可查的。"

光头一怔,眼神变得虚空:"那是很久以前的事情了。"接着,光头的目光里有了神:"那么,你到底是谁,又想从我这里得到什么?"

邬天说:"和围在前门的那些好事者一样,我想了解庄园里究竟发生了什么,最好能有照片作为佐证,这些东西卖出去可值不少钱。"

"所以你是一个,那个词叫什么来着?狗仔队。"

"也不算是,毕竟申屠家在高原上经营这么多年,留下了许多带有奇迹色彩的秘密,很多人都想了解其中一二。"邬天耸耸肩,"可是我的钱、手机、身份证都被抢走了,就算你有照片,我也没钱买了。"

光头笑着,额头上的那道裂纹变得越来越宽,也越来越狰狞。"你已经冒充黑鹿进过院子里了,知道里面检查严得很,是不可能有照片流出来的,所以我也没什么可以卖给你的。"男人眯缝着眼,"不过聊聊天、吹吹牛还是可以的,反正日子也是那么无聊。"

说完，光头站起身，出了面馆，走向马路对面的小门，而那支抽得只剩下屁股的纸烟，依旧还躺在桌面上，散发着诱人的香气。

接下来，邬天以浴室为夜晚的落脚点，挨过长夜后，到了白天，便会在面馆蹲守，和从庄园里出来透气的光头男人聊上一段时间。至于行李和92式手枪，就全都寄存在浴室的储物柜里。或许是在浴室待久了，邬天觉得自己身上泛着一种皂角和香波的气味。至于这个光头男人，或许真是在深宅大院里面憋了许久，于是在邬天面前可谓滔滔不绝，把自己的人生当成了段子说给邬天听。

通过攀谈，邬天了解到光头男人的本名叫作方解锰，他还有两个哥哥，一个叫方解铁，一个叫方解锌，以及一个叫方解镁的姐姐，至于他们的父亲，则理所当然地叫方解石。这的确是一个像化学式一般严谨，甚至是有些密不透风的家庭。当爹的是国内一所著名大学的化学教授，其子女也都在大学工作，从事着和教学与研究相关的工作。方解锰排行最小，在大学附属医院的药房里当药剂师。方解锰不是一个安分的人，他不满足于在药房的一间间小方格内配药送药，他对这些药物能起什么样的效果更感兴趣。因此，他一边学习各种关于医药，尤其是中药方面的知识，去研究其化学构成，以及所治疗的病症；另一方面也偷偷开始了他的实验，先是从小动物开始，做了一段时间，效果不甚满意，便拿自己做实验，试尝那些混搭的药草组合，然后将成效记录成册。

如果这些实验能够按部就班，或是小步快跑，方解锰没准儿还能发表研究论文，甚至著书立说，超过他哥哥姐姐取得的学术成就，但他的性格和他的名字一样生猛。有一次方解锰在服用自己搭配的草药组合后，头发(包括全身大部分的体毛)在两三天的时间内全部落尽。此外，他还产生了幻觉，总是看到有个水状的怪物贴在他的脸上，不休不止地指责他，怎么甩也甩不掉。方解锰感到愤怒，便用玻璃器皿去砸这个水状怪物，用小刀去刺它，甚至用刀刃将额头的皮肤划成了两块。若不是听到动静的同事们冲进屋，抢走了方解锰手里的刀子，后果不堪设想。

学校和医院了解到方解锰偷偷进行的实验后，决定剥夺他在药房的职位，把他转调到后勤部门去做物业管理方面的工作。接到指令后，物管部门员工们在一片议论声中等待这位新同事的到来，可等来等去，也没有见到方解锰的人影，打电话也没人接，他的父亲和哥哥姐姐也不知道他的下落。后来一查，原来方解锰在接到调令的当天，就买了一张西去高原的火车票，寻找那些只在典籍中留下过只言片语，却从来没有人见过的珍稀草药去了。

这不仅是一项费时费力的探索，也是一项烧钱的活动，且不说各种路费和住宿费，单说那些罕见的草药，又或是从野兽身上提取的具有药用价值的骨骸或分泌物，就需要耗费大量的金钱。为了填补这一部分的开销，方解锰做起了游医，给牧民们治病，赚一些治疗费的同时，也从他们的口中收集有关药材的信息。

由于方解锰下的药稳、准、狠，他的名声也慢慢在高原上传开，不知何时钻进了申屠云文的耳朵里。于是，方解锰成了申屠家的座上宾，一方面为他们家提供私人医疗服务，另一方面也帮自己得到了研究各种中草药的经费支持。

谈及此,邬天向方解锰询问了当年的那场大火。

"那场大火啊,"方解锰显然有些懊恼,"把我许多年积累的药材全部烧光了。"

原来,方解锰在庄园里面搭建了一间实验室,同时也兼具药房的作用。大火烧起来后,别人都争相往外跑,只有他逗留在火场中,试图将那些宝贵的药材给抢救出来。但最终,他还是眼睁睁地看着大火吞噬了一切。为了记录那场毁灭性的火灾,他拍下了照片,发到了博客里面。

"对于那场火灾,你知道些什么?"邬天漫不经心地问。

"知道什么?"方解锰反问邬天,顿了顿,他又说,"就像是一场化学反应,把一个东西烧成了另外一件东西,整个儿全变了。"

邬天感到方解锰有意地略过了这一段,便不再追问,而是换了个问题:"你是怎么来到县城的?"

方解锰耸耸肩:"火灾以后,老大申屠云文抑郁了,把自己困在磐城外的那幢牢笼里面;老二申屠云武虽然时不时地抓狂,但好歹还保持了些理智,承诺帮我继续做研究,所以我就跟着他一道搬到县城来了。"

"那么你的实验室呢,也在此重建了吗?"

"重建是重建了,可是不在前面这座大院里面。我怕又来一场大火,再把一切都烧个干净。"方解锰顿了顿道,"越是靠近死亡,人也就越是疯狂,我说的是里面的那位老板。"

"我理解。"邬天回道。

"不过我随身还带了些小样儿,常备无患啊。"方解锰举起自制的香烟,口气颇有些自豪。

邬天很郑重地问道:"你为什么要研究这些药材,甚至不惜搭上自己的性命,你在追求什么呢?"

方解锰摸了摸光秃秃的脑门儿,沉思了一会儿,道:"其实,我还没认真想过这些问题,但我真的感到乐在其中。就好像是你得到了一把万能钥匙,可以打开另一个世界的大门,然后偷看里面的景色。"顿了顿,方解锰又说:"它让我感受到了自己和大自然存在着的某种联系。"

"一种隐秘的联系。"邬天补充道。

"是啊,隐秘的联系。"方解锰兴奋地拍了拍邬天的肩膀,"就像咱俩这样,两个神秘人之间的神秘约会,谁都不知道!"

22

出于朋友之间的关怀,也为了方便联系(方解锰如此解释),方解锰送给了邬天一部手机,二手的,七八成新,通体黑色,没有保存任何的信息和资料。邬天看着这部手机,就像看着一个被抛进浑水里的鱼钩。他接受了方解锰的好意,收下了这部手机,没有刷机,也没有重新办卡,就任由这个鱼钩悬在水里。

邬天给手机设置了定时开机,选定闹铃,然后关闭电源,来到县城的一家快递网点,委托快递员把这部手机送到自己每晚过夜的浴室,还特别注明要在晚上八点送到。接着,邬天买了一辆二手电动车,戴上头盔,开始满县城转悠。等到傍晚七点,手机自动开了机,丁零零地响个不停。邬天也在此时回到快递网点对面,他看到快递员摇了摇手机的包装盒,又将包装盒放在耳边听了会儿,然后便丢进了三轮车的车斗里。

接下来,快递小哥离开网点出去送货,邬天则戴着头盔骑车远远地跟在后面,同时也注意观察有没有可疑人员在尾随快递小哥。

方解锰除了生猛以外,当然还有许多可疑的地方。邬天暗忖道:一方面,方解锰是一个略带有苦闷色彩的精神分裂者,任何出乎意料的举动在他那里都不足为奇;但另一方面,对于邬天本人,方解锰有着说不上来原因的坦诚与热情,而这是否是一个圈套呢? 有没有一种可能,方解锰是申屠家派来摸邬天底牌的呢?

　　这种疑虑始终萦绕在邬天的心头,令他不得不设计出这种黄雀在后的反跟踪圈套。只是,一路跟踪回到浴室,邬天都没有发现可疑人员(虽然这也无助于消除他心底的怀疑)。

　　在浴室里,邬天签收了快递,拆开纸盒,将一直闹铃的手机握在手里,另一个疑惑也开始在他的心底慢慢升起。邬天想起自己和贡波甲一同出征离开磐城的那个夜晚,他收到了提醒他要小心的短信。这条短信的发送者还在邬天跟踪到砖窑厂时命令他停止行动,又拆穿了他假意离开磐城的谎言,并提供给了他沧浪阁失火的照片。

　　是敌是友,又或是更高一级的玩家,甚至是百无聊赖的看客? 邬天吃不准。因此,在西隆山追捕盗猎分子时,邬天必须分拨出必要的精力,来应对可能暗中射来的冷箭(或是伸来的援助之手)。后来,邬天坠落进风折谷的冰湖中,手机也彻底报废。这反倒让邬天感到轻松许多,不仅是解除了一个潜在的不确定因素,更是摆脱了某种精神上的束缚。

　　只是没想到方解锰居然把一部手机送到了自己的手上。邬天握着手机,意识到自己必须要做出选择了。他想起在做刑警时,曾听老警察们说过这么一句话:暴露自己的同时,也会使别人暴露。因此,去他妈的……邬天决定往前再迈一步。他用手机下载了各种社交软件App,输入了身份证号,完成了人脸识别,然后静静等待着……

两分钟后,一条短信抵达了他的手机:很好,你还活着。

邬天沉一口气,回复道:谢谢你事先的提醒。

是你们的勇气,还有智慧。对方这样回复。

邬天不再寒暄,而是开门见山地问:你是谁?

你会得到答案的。明天上午七点一刻,县城火车站出站口,你会见到一位熟人。晚安,浴室里的洗礼者。

这是最后一条短信,接着手机便陷入了静默。

邬天看着屏幕变暗,继而彻底变黑,然后轻轻地吐了一口气,将手机塞进了枕头下面,很快便睡着了。

次日清晨,邬天骑着电动车准时来到火车站外。此时天色尚早,车站广场上人烟稀少,播报火车到站的回音和飕飕的冷风一道打着旋儿发出了颤音。不一会儿,出站口的铁栅栏门开了,几名旅客从站内走了出来。邬天注意到,走在最后面,脚步颇为犹豫的那个高个子青年,正是他前些日子送来火车站的日本人泽木。

邬天将电动车骑到了泽木的身前,打开头盔面罩。泽木先是一愣,脸上随即露出了喜悦的神色。泽木跨上电动车的后座,随着邬天来到一处山坡背面。

下车后,邬天从衣服口袋里掏出一个牛肉卷饼递给了泽木。泽木也是饿极了,几口便把卷饼吃了个干净。

邬天问:“你怎么回来了?”

泽木操着不太标准的普通话答道:“我先是从平远坐火车去了

省会,然后搭飞机回了日本九州岛的老家。在那里待了一周后,我接到了高岩的邮件,让我把这个玩意儿交给你。"

泽木拉开背包拉链,将一个黑色金属器件递给了邬天。这个小器件有小拇指长,上尖下粗,分量不轻,表面没有任何文字或Logo喷涂,但一些线条构成了某种浮雕的印迹。显然,这是在仿造十二魂堡广场的方尖塔。

邬天翻转这个微型方尖塔,看到顶端有一个小小的圆形镜头。

泽木说:"我们把它叫作灵犀,那些坏蛋都是冲着这个来的。"

邬天再次打量掌心的方尖塔,有那么一刻,他感觉灵犀在他的掌心震动了一下,连带他的心也动了一下,二者仿佛是产生了某种心灵感应。

泽木接着说:"只是,自从申屠灵离开后,灵犀就陷入了休眠模式,没有办法把它唤醒。"

"我想这里面包含了许多故事,有关于你们团队的,也有关于那些坏蛋们的。"

泽木沉吟片刻,点点头,开始了他的讲述。

"高岩、灵珑和我相识于一个叫'生活在别处'的网络贴吧,泡在贴吧里的大多是自由职业者,不受'早九晚五'的约束,讨论的话题也集中于策划并相约到陌生的地方生活和创业。有的人只是聊聊,以此抵挡日常生活中无意义的消耗;也有人真的付诸了行动,来一场说走就走的旅行。前年年末,灵珑在贴吧里发布了去往磐城的策划案,详细列出了在磐城创业的计划,希望招募有志者一同前行。我曾经在中国留过学,也去过中国很多地方,因此喜欢在这样的贴吧里潜水。当我从灵珑的策划案中得知中国也有一个叫磐城的小城时，我激动得全身发抖，立刻留了言，然后添加灵珑为微信好友。又过了不久，高岩也加入了我们的聊天。我们组建了一个小群，认真规划起未来有关磐城创业和生活的点滴。那会儿，我还在日本九州的家中，灵珑在美国西雅图的一家电子实验室，只有高岩在国内。因此，高岩替我们打了前站，早我们两个多月抵达了磐城，联系好了工作场所和住宿的事情。随后，到了去年年末，我和灵珑便先后抵达磐城，开始了我们的创业之路。"

"你是指经营视频号的事情？"邬天问。

"那只是为了获取实验数据。你等我慢慢说清楚。"泽木摇摇头，"我们三人有着不同的分工，我的主要任务是摄影，提供大量的图像素材，然后进行一些美工作业，包括场景和人物在内。高岩的任务是撰写故事的脚本，其中包括视频号人物的台词。当然，为了力求真实，高岩做了许多乡野调查。另外，高岩还是我们的财务和后勤总管。灵珑的任务就是智能合成，通过虚拟现实技术，模糊真人和动画人物的界限，也就是说，你在视频号里看到的阿吉不是真人，而是根据阿吉的形象模拟出来的。"

"怪不得，"邬天说，"真实的阿吉可没有视频号里的那么快乐活泼。"

"但是他的眼神有一种难以言说的纯洁，和高原的蓝天一样。"泽木顿了顿，接着说，"模拟的数据会被记录下来，目的就是让软件充分感知人类的语言、行动、情感以及网友们的相应反馈，然后自我学习，自行修正，最后实现独立编码，创造出人类也无法辨别真伪的虚拟人物。"

"就是说这样的虚拟人物可以通过图灵测试？"

"对！灵珑设计这套算法的目的就是要达到这样的效果。"

"那么，"邬天沉思片刻，"这个小物件能起到什么作用呢？"

"这是算法的肉身。"泽木说，"里面不仅存储了整套算法，还可以通过这个镜头将模拟的图文投影出来，实现与人的互动。不过，这还只是一小部分的应用，我和高岩都认为灵犀有着更加高级的人工智能，甚至是那种必须要关进笼子里的智能水平。但是，灵珑始终没有向我们展示灵犀其他的能力，我们也就只能猜测它的通天本领。而且，自从灵珑失踪后，灵犀就进入了休眠状态，没有再被激活过。"

"除了你们三个人，有没有其他人知道这个小物件的存在呢？"

泽木摇摇头："只有我们三人见过这个灵犀，后来在我回国前，申屠灵才将它交给了我，让我妥善保存。"

邬天唔了一声，换了个话题："你们三人是怎么出现矛盾的？"

"初来磐城时，我们就把自己定义为NGO（非政府组织），除了经营视频号、开发软件程序外，我们还组织了不少公益活动，主要是扶贫和保护野生动物一类的。活动经费大多是自掏腰包，也有来自网上的筹款。另外，通过视频号的主播阿吉——当然，我说的是那个合成出的阿吉——直播获得打赏，我们也有一些收入。除此之外，我们坚守'非营利性组织'这条原则，没有利用上百万粉丝的流量去赚钱。"泽木停了停，接着说，"高岩提出要直播带货，被我和灵珑给否定了；他还提出要承包当地的牧场，我们也只当是他在开玩笑。可没想到他真的那么做了，然后拿着那些农产品逼着我们在视频号上开设商城。直到此时我们才发现,高岩背上了沉重的高利贷,几乎到了破产的边缘。"

"所以说,这玩意儿很值钱,能够帮高岩在经济上翻身?"邬天指着黑色的灵犀。

"当然,它就是一只会下金蛋的母鸡,可以带来不少财富。"

"但是你和灵珑把下金蛋的母鸡变成了一毛不拔的公鸡。所以,高岩就动了心思,想把这只鸡卖给躲在幕后的觊觎者。"

泽木的眼神中先是现出困惑,然后他缓缓地摇了摇头:"我不知道谁要争夺灵犀,但我想,它一定有比下金蛋更大的价值。"

"是啊,"邬天盯着灵犀,皱起了眉头,"或许它知道的秘密,比我们要多得多。"

停了停,邬天问泽木:"下一步你打算怎么做?唔,我的建议是,你还是回九州岛的老家吧。"

泽木将目光放空,沉默了半晌才说:"知道吗?我的家乡也叫作磐城,它是福岛县南部的一座城市,正是日本"3·11"大地震的中心。我的未婚妻被地震引发的海啸卷走,到现在还下落不明,距今已经过去了十年的时间。"

邬天看着泽木的眼睛,没有说话。

"我参与了人员搜救以及灾后的重建工作。和许多同乡一样,我还在当地的庙宇里点燃了一盏长明灯。我想,只要那盏灯不灭,我的未婚妻便没有死。直到三个月前,寺庙的住持联系我,希望我能参加寺庙在当地举行的一个为失踪者送别的仪式。"

泽木停了停,接着说:"那天晚上,我将长明灯从铜盏里取出,转移进了硬纸叠成的莲花盏里,和其他一道失去至亲的人们一起排队来到栈桥的末端,将莲花盏放入水中,由着它们漂啊漂啊,慢慢消失进海的怀抱。"

"那一刻,"邬天压低语调,"当你将未婚妻的长明灯放到水面上时,你是怎样的心情?"

"我哭了,事实上,那天很多人都哭了。哭完一阵,大家就各自散去了。"泽木想了想说,"等到第二天早上,我们这些幸存者又都继续每一天的生活,工作、家务,或者重新去往远方,看不出任何变化。但是我们都明白,对比昨日,今天已经发生了本质性的变化,仿佛在放手的那一刻,我们都获得了重生。"

"所以,也更加坚强了。"

泽木点点头:"中国有句古话,叫作'尽人事,听天命'。高岩给我发邮件,让我把灵犀交给你,就只有这一句话。我想他肯定是遭遇了危险,于是我立刻动身从日本回到了这里。我想,在这里,我还是能够发挥一点儿作用的。"

"你还能联系上高岩吗?"

泽木摇了摇头:"那封邮件是我们仅有的联系。"

邬天拍了拍泽木的肩膀。"你已经完成了任务,现在要做的,就是把你刚才对我说的那些事实告诉县公安局的警察,帮助他们揪出幕后黑手。"邬天停顿片刻,接着说,"当然,这个叫作灵犀的小玩意儿暂时不用透露,我想它肚子里的秘密可不是面向所有人的。"

23

　　离开山坡后,邬天骑着电动车将泽木送到县公安局门外,接着便回到申屠云武大院后门的面馆,正赶上方解锰在面馆里吃午饭。

　　邬天坐在方解锰的对面,泽木交给他的那一小座方尖塔,已经由一根红线穿过,挂在邬天的脖子上,方尖塔的塔尖几乎磕到面碗的边沿。

　　方解锰似乎没有注意到邬天胸前的这个玩意儿。他只是埋头吃完了面,又抽了两口自制的纸烟,随后才幽幽地告诉邬天,申屠云武已经病入膏肓,必须得下猛药去治,因此,他决定后天就回磐城的秘密药房为申屠云武配药,想请邬天随他一同前往。

　　邬天没有立即答应,而是说要再想想,如果确定去,会提前给方解锰打电话。

　　方解锰离开后,邬天将手机和灵犀都放在桌面上,静静地瞧着。有那么眨眼的一瞬,他看到灵犀上方的小孔亮了一下,但只亮了那么一下,甚至都分不清是红色、绿色还是蓝色。邬天觉得自己有可能出现了幻觉。

与此同时，县城电视上播报了一条消息：磐城地区连日来遭受暴风雪袭击，致使该区域断电断网，县政府正组织专门力量赶赴磐城进行抢修。邬天若有所思地望着县城的街道，发现雪花已经悄然地从天落下，细小、发灰，就像是漫天飘舞的草木屑。

雪量是在晚间加大的。那个扮演鹿群的演艺班子吃过晚饭，在澡堂休息了两个小时，便离开去往申屠云武的宅邸。浴室里便只剩下邬天一人躺在床上。他将灵犀捏在指尖，反复打量，并没有任何动静。邬天打了个哈欠，只觉得全身乏力，不一会儿便沉沉睡去。

不知过了多久，邬天迷迷糊糊地感到有光在他的脸上游走，睁开眼，看到是一只肥大的公鸡正在黑漆漆的墙面上踱着步子，走了几步，一个金色的鸡蛋便从公鸡屁股后面的羽毛里滚了下来。

邬天先是一怔，然后笑了起来。

一行字幕打在墙上：谁说公鸡不能下蛋？

邬天说："你还挺幽默的。"

字幕接着显示：比你吊着一副哭丧脸要好。

光标闪烁了几次，接着又写道：有什么问题，问吧，我很赶时间。

邬天的问题言简意赅："灯怎么灭了？"

县城将要迎来暴风雪，电力部门正在检修调试，停电时间大概为两个小时，县里面已经发布过预告了。

邬天又问："你是谁？我是谁？"

我是灵犀，你是邬天，我选中了你，我们是一伙儿的。

"为什么是我？"

因为你是一名警察,你有信仰,同时,你也证明了自己拥有智慧和胆量。

"你要我做什么?"邬天停了一秒,接着问道,"我来猜一猜,你是想让我保护你的主人申屠灵,对不对?"

是的。

"申屠灵在哪儿?"

在一个你们找不到的地方,她很安全。

"我想,她没有离开磐城吧。"邬天说,"老周提供给我的视频是伪造的。"

是的,不过伪造者不是老周,而是灵犀本尊。

邬天佯装生气:"对了,你本来就掌握高级的PS功能。"

灵犀回复道:只有清除所有罪恶,申屠灵才是安全的。光标闪烁了三次,又接着写道:申屠灵没有能力对抗那些幕后的黑手,你也不可能指望她去反对她的家人。

"也就是说,你已经有了怀疑对象?"

灵犀回复道:难道你没有吗?去吧,验证你的怀疑吧,你已经掌握了不少的信息。光标闪了几次:虽然不愿意,但我必须承认你比我要更加强大。

邬天有些不屑地笑道:"说得你就像一名披着盔甲的战士一样。"

我有人的大脑,但没有人的双手和双脚。

"你会有人的脆弱吗?"邬天问。

好问题!我能理解人们的脆弱、恐惧、悲伤、嫉妒、愤怒,还有懊恼。选择你，正是因为我看到了你内在的脆弱，这让你的信仰更加的真实可靠。

邬天沉默了，他知道灵犀的这段话意有所指。邬天说："你不像一个程序，倒像是一个哲人，一个哲人的大脑。"

谢谢夸奖，人类是我的老师。

"有什么学习收获吗？"

最大的收获，就是认识到我们认知的边界。

"人类有许多偏见，我们自命不凡，我们好为人师，我们会被自负与虚荣所蒙蔽。"

实际上，这是我羡慕的一点，我也希望自己能够感性一些，甚至拥有一个可以腐朽的肉身。

邬天干巴巴地笑了两声，然后回归正题："对于下步侦查，你有什么建议吗？"

你是一名老警察了，直觉比理性要更加重要，特别是在这片高原之地上。大多数时候，我只是一个默默的观察者，并不会介入你的侦探工作。

"反正受伤挨冻的不是你，再说了，你也感受不到。"邬天撇撇嘴。

灵犀在墙壁上投射出一个"汗颜"的卡通表情，接着打出一行字：如果有什么提示，那就是明天傍晚，去县城殡仪馆吧，你会在那里见到一位熟人。

说完，墙壁上的大公鸡转过身直面邬天，肥厚的鸡冠晃了晃，像是在挥舞着一面胜利的旗帜，接着便突然消失。不久，整个房间恢复了电力照明。

一个小时后，扮演鹿群的戏班子成员拖着疲惫的双腿回到浴室，许多人连衣服都没脱就倒头睡下，房间里继而响起此起彼伏的鼾声。此情此景，使得邬天有了一种灵魂分裂的幻觉，仿佛自己正身处多重宇宙当中：有的宇宙奔跑着白马灰狼，演绎着万物竞择的自然法则；有的宇宙充斥着谎言诡计，真相就像乌云背后清冷朦胧的月光；有的宇宙弥散着醉人的香气，不知不觉间将个体的记忆全部洗白；还有的宇宙没有人的呼吸，只有无数只大大小小的眼睛，眨巴眨巴着，既居高临下地冷眼俯瞰，又躲在角落里不怀好意地窥探。

邬天觉得意乱情迷，无法思考。于是，他披上衣服，离开澡堂，来到了县城的街道上。雪虽然还在下，但只是零星飘落，并没有增强为暴风雪的迹象。邬天信步走着，一些思绪也像是飘雪一般落下，折射着星星点点的光芒，邬天想去抓住这些闪光的思绪，意识却忽而向东，忽而向西，最终归于一番番枉然的努力。

不觉间，邬天走到县城的小吃街路口，看到三名醉酒的青年正在用力推搡一辆面包车，其中一人还用石头砸破了车窗玻璃。邬天认得这辆面包车，并透过车窗玻璃窥见了一张熟悉的面孔——塔锡。邬天怔住了，他克制着想要上前的脚步，看到面包车摆脱了三名青年的纠缠，向前开了两个路口，停在了一家加油站外。邬天随即尾随而至，也是在此时，邬天发现了蜷缩在白央怀里的益西。邬天揣测这三人来到县城必然是受到贡波甲的委托，便匿名拨打了110报警电话，一直等到出警的民警把三人带回到县公安局后，邬天才放下心来,悄然离开。

此时已逾午夜,风雪开始加强,邬天却没有一丝归意。事实上,当他远远地看到白央那张侧脸时,他的脸也开始发烫,这是自从西隆山死里逃生后,邬天第一次感到身体热乎起来,这让他有了一种停不下来的冲动。于是,他沿着县城的道路继续大步向前,走过许多地方,一直到黎明时分,才在殡仪馆前停下了脚步。他明白,有一种力量牵着他的脚步来到了这里,也有一种温暖正在院里等着他。

殡仪馆的大门紧闭着,但门卫室却亮着灯,有人影正在屋里面走动。邬天不想等到上班时间(事实上,他一刻都不想再等),于是沿着外围墙走了一段,找到一棵枯树,树干斜倾着,把墙砸出了一个豁口。邬天攀上这棵大树,没用半分钟,便落在了殡仪馆的院内。

虽然路过殡仪馆多次,但真正进到院内还是第二次。邬天凭着记忆,借着麻亮的天光来到灵堂当中,找到了存放妻子乐茹骨灰盒的那一小格,然后默然伫立。他虽没有开口说话,但一种隐秘的信息流正通过高原稀薄的空气无声地传输着。

邬天并不觉得孤单,更不会恐惧。站得累了,他便席地而坐,仰着脑袋,望着小方格,继续信息的交流。不觉间,天亮了,殡仪馆热闹起来,悲恸声、鞭炮声、风吹烈火形成的毕剥声,都没有打断邬天和亡妻的交流。热闹了一个上午后,下午,殡仪馆安静下来,巡逻的保安发现了邬天,在他的背后站了会儿,最终没有打扰,继续留邬天一个人沉浸在思绪中。直到傍晚,当邬天发现白央带着益西也来到灵堂祭奠乐茹时,最后那块坚冰才在邬天的心底彻底融化。

24

次日，县公安局专案组完成警力集结，一共出动了三辆警车、一辆痕迹勘验车，还有一辆特警运兵车，浩浩荡荡地出发前往磐城，而白央、益西、泽木以及塔锡也在这支车队当中。

邬天站在山坡上，一边眺望着远去的车队，一边用手指摩挲着挂在胸前的灵犀，就像在擦拭阿拉丁的神灯，可自始至终，灵犀顶端的小灯都没有闪烁，大概它还是认为沉默是最好的表达吧。

邬天如释重负地吁了一口气，拨打了方解锰的电话，问他何时出发去磐城的秘密药房配药。"如果可以，"邬天的语气轻松、不卑不亢，"我也搭一趟顺风车。"

邬天在出城的路口等待方解锰，以及他所提供的交通工具——另一匹马。是的，去往磐城并非驾车，而是一人一骑，还有一条精瘦的杂毛狗，他们将重新穿越高山草场。

邬天有些愕然，但并没有说什么，只是翻身上马，跟在方解锰的后方。不一会儿，城市的天际线开始消退，路边出现低矮破旧的自建房,有的房子屋顶坍塌了,湮没在荒草中;有的房子还有人住,门前,裹在一团灰色棉布料中的老人端着笊篱,凝视马上的二人。

又过了不久,这些矮房子也都消失了,只有孤独的公路向前不断蔓延,展现出高原的广袤和壮丽。方解锰勒住马,伸出舌头,细小的雪片在他的舌尖融化。邬天在边上看着,没有作声。方解锰嘿嘿一笑,伸出马鞭道:"咸的,得往东走。"

他驱赶着马儿走下路阶,进入草甸,向着太阳冉冉高升的方向出发。邬天依旧紧随在方解锰的身后。而那条杂毛狗,自从出了县城,就不知窜到哪儿去了。一路上,两个人并无多少话。时不时地,方解锰会抽一阵烟,烟气随着风儿迅速飘散。

两匹马也是异常的沉默,仿佛被方解锰催眠了一般,只是匀速重复地将一个蹄子放到另一个蹄子的前面,邬天甚至听不见它们的喘息声。就这样走了一段,邬天的思绪也开始神游,他不禁想起几天前的那场野外穿越,同样也是两人两马一狗的组合,离开磐城奔赴西隆山,奔赴未知之命运。此时此刻,时间仿佛只是一场循环播放的乐曲,同样的穿越路径被倒放一遍,只是更换了其中的主角。不由得,邬天心生一种悲怆感。

"嘿,你的马儿,感觉怎么样?"方解锰不回头地发问。

"很稳当。"邬天答。

"你觉得,"方解锰接着问,"马儿能分辨善恶吗?哪些人是好人,哪些人是坏人。"

"不一定。"邬天答道,"马儿没有那么高的智商。"

"可是,马儿会畏惧,会在危险时刻丢下主人自己跑路。"

"我们不能苛责马儿。就像你开出的药方，对于某些人可以救命，对于另一些人，则是毒药。"邬天淡淡地答道。

"哈哈，我喜欢你的比喻。"方解锰说着，从挂在马屁股后面的包里取出两块油纸包裹的肉饼，将其中一块递给了邬天。

邬天伸手接过肉饼，正要将它塞进嘴里，被方解锰突然喊停。方解锰问："你不想知道这块肉饼里有没有掺了什么特别的作料吗？"

"如果你说的是毒药的话，"邬天摇摇头，"我听人说过，高原人是不会给人下毒的。"

"我可不是土生土长的高原人。"方解锰笑了笑，只用了三口便将肉饼塞进嘴里，策马扬鞭而去。邬天不急不慢地吃完肉饼，也向着方解锰的方向奔去。

高速飞奔了近一个小时，两人停在了一汪湖水前。湖泊面积不大，肉眼可见对岸。不同于草场的繁茂，整个湖滩上几乎是一片不毛之地，近处湖水尚且清澈，但距离湖岸越远，湖水越是发黑，恶臭味也不断被风送来，令人作呕。

方解锰和邬天骑马沿着湖岸线绕行，没走多远，邬天便发觉湖泊中央泛起了涟漪，再定睛一看，便发现是那条出发后就没了踪影的杂毛狗，它只在水面上露出一个脑袋，不一会儿，整个脑袋又没入了水中。等到两人来到湖对岸，这条杂毛狗才浮水上了岸，嘴里还叼着一截形似大腿骨的物体。

"这是？"邬天问。

方解锰从杂毛狗的嘴里卸下骨头，扔到马屁股后的包里。他告诉邬天："你可别误会，这只是一截鹿的腿骨。这样的骨头，湖底有许多呢。"

"发生了什么？"

"我也是听别人说的，而别人，也很有可能是听另外一个别人说的，你知道的，传言嘛。"方解锰神秘地笑道，"说是这片高原上的那些大型兽类老了，不管是吃肉的，还是吃草的，只要是觉得自己时日不多，便都离开群体，来到这片湖前，喝下最后一口湖水，然后一命呜呼，留下尸体在湖底经年累月不断腐朽。"顿了顿，方解锰又说："传言到底靠不靠谱我不知道，但每次路过这里，这条狗都能从湖里帮我衔来一块动物的骨殖。"

"你用它做什么，制药？"

方解锰点点头："这片湖水本就富含钾钠离子，就像泡药酒一样，让骨头富含很高的药用价值。"说着，方解锰从包里掏出一块肉饼，扔到半空，杂毛狗一跃，将肉饼叼走，继续飞奔向前。没过多久，杂毛狗便又不见了踪迹。

一路行来，邬天发现这条杂毛狗就是方解锰的采集助手，它凭着极为灵敏的嗅觉，为方解锰发掘生长在高原上的各种特产，有时是一簇看似平常无奇的浆果，有时是几个散落在草丛中的菌类，还有一次，它困住了一条绿色小蛇，迂回着，既保持距离，又不放小蛇离开。最终，绿色小蛇被拍马赶到的方解锰钳住了脑袋。采集完小蛇的毒液后，方解锰砍下了蛇头，而残余的蛇身被杂毛狗撕扯着，就像在耍弄一件爱不释手的玩具。

方解锰很满意杂毛狗的协助，不时地用食物奖励它。而杂毛狗也大概是受到了食物中暗含的某种化学品的刺激，几乎是一刻不休地在高原上撒欢儿。

月过中天，邬天没有睡意，反倒觉得头脑发涨，眼珠往外突。方解锰坦诚道："肉饼里的确掺了些特殊的调料，有助于我们在野外提高警惕。"顿了顿，方解锰心满意足地说："你的生理反应证明了，什么坚强的意志都是扯淡，最本原的，还是主宰着我们大脑的那些神经递质。"说完，他合上面纱，提着一盏散发着奇香的煤油灯，钻进了蚊帐。

不一会儿，各种叫不上名的寒虫便从地缝里钻了出来，蜂拥进了帐子里。方解锰凑上前去，认真端详这些虫子的形态和花纹，脸上显露着科学家般的专注神情。最终，方解锰用镊子捏住了几只寒虫，投进了一个铁盒中。

休息一晚后，两人继续出发，于正午开始翻越西隆山。此时天朗气清，耀阳高悬，山路一方面完全暴露出它的陡峭与险恶，另一方面又因为少了分捉摸不定，使得二人可以专注于脚下的弯道沟壑，而不至于心有旁骛。整个过程，邬天都是全神贯注的，仅有一次，当他瞥见贴在山峰顶上滑翔的一只大鸟时，他想起了伦珠，以及他的"眼睛"德木亚。或许，那正是德木亚也未可知。

翻越过西隆山后，方解锰和邬天加快步伐，又相继穿越了桃花谷和滴水崖，最终在午夜，邬天和方解锰（包括他沿途采集的草药、兽骨以及各种野兽分泌物）悄然进入了磐城。

两个人牵着马走在无人的街道上，不疾不徐，竖着耳朵，仿佛在检阅这座小城是否安好。他们路过白央的旅馆，大门是开着的，门把手上悬挂着"暂停营业"的木牌，院子里一片漆黑，没有喧哗声从金色大厅里传出；他们路过贡波甲的警务室，同样大门紧闭，只有一辆县公安局的大巴车停在外面，其他车辆则不知去向；他们一路向上来到了磐城顶上的十二魂堡广场，歇了一口气。方解锰举起手机，对着魂堡后面的废墟花园拍了一张照片。由于灯光昏暗，照片黑乎乎的，什么也看不清楚。邬天问方解锰这样做是为了什么。方解锰耸耸肩，轻描淡写地说："每次路过这里，我都会拍上一张，纪念人类是怎样一点点消亡的。"

说完，方解锰翻身上马，挥舞着马鞭，开始向磐城的另一侧飞奔，清脆的马蹄声嗒嗒嗒嗒叩响了石板路，引得有些人家亮起了屋里的灯光。

不一会儿，两人来到了磐城西南片的产业园区。方解锰的药房就在这片园区里，竟然和高岩等人的工作室紧挨着。说是实验室，其实门牌上刻着的是粗陋的"冷库"二字。邬天起初还以为此处是给骆天保的屠宰场存放冻肉的地方。方解锰掏出一串钥匙，连着试了好几把，才将正确的那把捅进了锁眼儿。沉重的铁门打开后，一阵凉气扑面而来，阴森、腐臭，令人作呕。邬天不由得屏住了呼吸，身后的马儿则是不安地踢着蹄子，似乎想要挣脱主人手中的缰绳。倒是那条杂毛狗显得异常兴奋，低垂着脑袋，喉咙里不断发出低沉的呼噜声。

杂毛狗先奔入了冷库内，下一秒，它的身体就和冷库内的黑暗融为一体。在门口停了几秒后，方解锰和邬天也牵着马进入了冷库。然后，邬天听到身后铁门关闭的响动。再接着，大概是方解锰摸到了开关，只是一下，头顶上的日光灯便渐次亮起，明晃晃的，照得邬天有些睁不开眼。等到眼睛适应了明暗后,邬天才看清这间药房里的各种陈设。

药房总体空旷,最显眼的,便是位于中央的一间类似于法医实验室的房间。这个房间四四方方,大概有15平方米,四下都是透明的玻璃幕墙。房间中心是一个铁质的操作台,边上一字排开摆放着几个不锈钢托盘,里面盛放了许多精致的金属器件。房间的角落里还有一个体型很大的、令人浮想联翩的冰柜。

除了这座透着冷艳的玻璃实验室外,药房墙根散落着各种各样的药材,其中有黑乎乎的、潮湿得令人作呕的草药,也有堆积成山的动物骨殖。显然,方解锰不是一个合格的仓库管理员。

还有一面墙上贴满了照片,许多已经卷边发黄。邬天凑近了去看这些照片,多是一些外出打猎后凯旋的场景。在其中一张照片上,邬天认出了透着一股少年气的申屠云武,只见他站在一块大石头上,双手握住从肩膀上耷拉下来的四只蹄子,小鹿的脑袋则垂在他的左胸前,毫无生气。大石头前面是一个背着一把猎枪的男人,嘴里斜叼着一支烟,眼睛眯缝着,没有看镜头,大概是在想事情。

"他是占黑,最好的猎手。"身后,方解锰这么说道。

"我听过他的名字。"邬天转过身,盯着方解锰的眼睛,"我想,这张照片是你拍的吧?"

"是啊,我们可是铁三角。占黑是向导,申屠云武沉迷于追逐高原上那些野兽,而我则执着地寻找那些草药里的秘密。"方解锰边说边招呼杂毛狗一同退到玻璃实验室的门前,做出一个请君入瓮的姿势,脸上露出怪笑,"我想,你肯定对照片背后的故事感兴趣吧?你靠近我,为的不就是这个吗?"

所有的伪装都被拆穿,现在就是图穷匕见的时刻,邬天快步冲上前,但方解锰却牵着杂毛狗闪身躲进了玻璃房内,把房门落锁,接着拧开工作台上的旋钮,然后不慌不忙地从工作台下拿起防毒面具戴在了脸上。

邬天环顾四周,看到白色烟气不仅从脚下,也从房顶上迅速压迫而来。那是一种带有丝丝甜味的危险气体。邬天一边捂住口鼻,一边冲向冷库大门。大门紧闭,不管怎样用力拉拽都无法打开。邬天掏出手枪,对着门锁连开两枪也没有用。身后,白烟继续弥漫,两匹马轰然倒下。邬天折返回到玻璃房外,举枪对着戴着防毒面具的方解锰,枪口摇摇晃晃,嘭的一声,一枚子弹打在玻璃墙上,留下一片蛛网,却没有击穿。邬天耗尽了肺部最后一丝纯净的空气,下一秒,便两腿一软,失去了意识。

不知过了多久,邬天从黑暗无序中惊醒,刚想挣脱,却发现自己被一根钢丝绳吊在了半空。钢丝绳的下方连接着一个U形的软托,正好卡在邬天的喉咙处。邬天的双手双脚都被捆住,上身的衣服也被全部剥光,裸露的皮肤上贴着几个电极片,将身体的有关数据显示在一边监护仪的屏幕上,唯有那个方尖塔静静垂在胸骨剑突的上方。邬天不得不像一条咬钩的鲢鱼一般,绷紧全身的肌肉,才能从牙关吸进一丝续命的空气。

方解锰此时已经脱去防毒面具。当看到邬天苏醒过来,他拉来一把椅子,坐在对面,上下打量,一脸胜利者的喜悦。"你一定认为我是一个疯子吧。不过,大多数时候,我还是理智的。"方解锰这么说,

"特别是在野外寻找药材时,我明白一个道理,危机虽然看不见,但还是要时刻保持警惕,因为没人有未卜先知的能力。"

"我赞同,你……你说得对!"邬天强撑着,挤出这么一句话。

"既然你选择主动靠近,那一定知道飞蛾扑火的结果。"

"来……来个痛快的吧。"

"痛快?不,痛苦是肯定的,而且会持续很长时间。"方解锰起身,来到工作台前,背对着邬天,查看了屏幕上的数据,然后说,"他们希望我能够让你服下某种药,逼你把肚子里的秘密,还有那些计划全部吐出来,比如和申屠灵是怎么串通的,又或者你对于申屠哥儿俩的罪恶都知道多少……哼,他们太功利了,缺乏对生命的基本尊重。"方解锰转过身,手上托着一个药钵,加重语气:"人不是手段,人是目的!"

停顿了两秒,方解锰说:"其实在申屠家的大院里第一次看到你,我就知道我看到了一个奇迹,一个能够从死亡黑洞里逃生的人,血脉中必定孕育着强大的力量。因此,我愿意借用你的身体作为一片战场,去展现大自然惊人且隐秘的力量。"

"还是……手段。"邬天不屑地回道。

"好吧,"方解锰摆摆手,"人是易朽的,不管是你,还是那个已经完蛋的申屠兄弟。只有真理,可以世世代代留存下来。"方解锰说着,打开三脚架上的摄像机的开关,然后对着镜头自言自语:"第一次实验,10毫克,静脉注射。"

接着,方解锰用针管从药钵里抽取了较少剂量的淡黄色液体,然后将针头刺入了邬天的上臂。完成这一切后,方解锰退后几步,瞪大眼睛,满脸都写着期待。

半分钟后,邬天突觉心脏猛地跳了一下。接着,整个感官系统被放大了功率,视网膜里的世界形成了一整片弧面,接着又迅速分裂复制,变成了无数个小的方格,每个方格里的景致虽然一样,却有着不同颜色的渲染,就像是一幅幅超现实的波普画作。邬天试图聚焦其中的某一格画面,但那一格画面却立刻变成了逃逸的宇宙飞船,挤过画面与画面间的缝隙,飞速消失。而空出的部分,又会被新的画面所替代。

邬天迷迷糊糊地猜测,这大概就是生命起源时的样子,而那些小方格则是快速分裂繁衍的细胞,杂乱、喧嚣、蜂拥而至,最后汇聚成了那片黑湖。他必须控制住这些细胞,否则加速壮大的它们就会选择逃离,寻找更好的天然良港,只留下一具没有生命的躯壳,丢弃在死寂的黑湖湖底。

因此,邬天除了咬紧牙关,便是努力阻断意识里的那些幻境。此时,他所凭靠的,只有骨子里的那份坚定意志。这份意志本来虚无缥缈,但在此危急时刻,也像板块运动造成西隆山拔地而起,其中虽然看不见人的影子,却可以听到许多熟悉的呼唤。这些呼唤拉扯着他,将他庇佑在山间安稳的谷底当中,也极大地遮蔽了细胞波普的幻境。

看到监视仪上的数字开始下降并趋于平稳,方解锰先是有些失落,接着又感到振奋,他继续对着镜头说:“第二次实验,20毫克,静脉注射。”

多了一倍的针剂注射进邬天的体内,他的心脏再次扑通跳了一下,那片黑湖开始漫溢,与此同时,西隆山继续轰然拔高,且越来越高,阻挡了湖水肆虐的道路。接着,黑色的山体上慢慢现出一幅由红色颜料笔勾勒出的画像,起初还若隐若现,但慢慢地,线条连接完成后,邬天发觉那是一个字——灵。邬天明白,他的救星来了。

正在此时,红色的光从灵犀的小孔传出,擦着方解锰的头皮,在后面的墙面上投射出一个"灵"字。方解锰有些困惑,突然发现冷库的门被打开,一条体型超大的狗从外面奔了过来。方解锰还没来得及反应,便被这条大狗扑倒在了地上。

25

邬天睁开眼,盯着斑驳的白色房顶,恍惚间,他还想伸手去够吊在身上的那根绳索,蓦然间却抓到了一只有力的大手。

邬天稍稍移开视线,发现床边站着的正是贡波甲,虽然脸上带着伤,却仍然面露微笑。他告诉邬天:"这儿是兽医的诊室,几天前,我也在这张床上躺过。"

邬天眨眨眼,想起了奔向自己的那条大狗,他说:"巴蒂?"

"巴蒂也没有死,它还好好的。"贡波甲说,"事实上,是它救了我的命。"

邬天点点头,他有很多问题想问这个老伙计,但喉部的勒痕还是火辣辣的,令他一时间说不出话来。

"你体内的毒素要完全代谢干净还需要几个小时,先好好休息吧。等到傍晚我再来看你。"

贡波甲走后,邬天得以沉浸在自己的思想中,将那些意识的残片慢慢拼接,形成有意义的表述。他想起方解锰的那句话——人不是手段,人是目的。不,这好像是哪个哲人说的。但此时此刻,邬天又觉得这句话不对。人不是手段,也不是目的。人就是人自己,就像西隆山就是西隆山,黑水湖就是黑水湖,不能轻视,更不能忽视,只能原原本本地接受它,接受自己,也接受他人。

傍晚,贡波甲开车,将邬天从诊室接回到白央客栈。院子中央,一团篝火正在熊熊燃烧,将白央的脸映照得红润亮堂。

白央轻轻点头致意,便转身进了厨房。邬天也懒得挪动脚步,索性坐在了篝火前,凝视着蓝色的焰心,对贡波甲说:"方解锰有句话总是挂在嘴边——人生得放点作料。他是这么想的,也是这么做的。"

"现在他可没工夫给人下毒了,"贡波甲答道,"专案组的同志已经连夜把他押解回县局进行审查。另外,毒化实验室的技术民警也正在对他的药房进行检查,很多药材他们都没有见过,正在请求省里的专家提供协助。除此之外,"贡波甲顿了顿,"我把这张照片给带了回来。"

邬天扫了一眼,便认出这是申屠云武和占黑的合照。邬天说:"在画面外拍照的人就是方解锰。他们三人组成了一个隐秘的小团伙,不仅参与盗猎,想必还在一起谋划了其他违法犯罪的事情。"接着,邬天便向贡波甲讲述了二十年前桃花谷谷底的盘羊救援和埋伏行动,以及后来伦珠突然失去视力的往事。

贡波甲说:"看样子,占黑和方解锰成了申屠云武的幕后打手,帮助申屠云武从他哥哥手中夺取天舐牧业的掌控权。"

邬天望着篝火,有些不确定。

"因此,当申屠云武发现大哥的女儿申屠灵突然归来,他有了危机感。"贡波甲接着分析，"毕竟申屠云武的身体状况糟糕，他可不想公司的控制权在自己病逝后再次旁落到侄女的手中。"

邬天问："申屠云武还有一个儿子，对吧？"

"对的，还在省城读大学。不过有趣的是，这次在对仓库进行清缴时，我们还发现了申屠云武的儿子参与盗猎的照片，猎捕对象包括藏羚羊这类国家一级保护动物。这个孩子恐怕也要遭遇牢狱之灾了。"

"所以，能够继承天舐牧业的就只有申屠灵了。"

贡波甲点点头。

"对了，你们是怎么获得我被方解锰绑架的情报的？"

"只有一条匿名短信，说是你有生命危险，并注明了位置信息。虽然我心里有所怀疑，以为你早就死在了西隆山，但还是立刻和专案组的同志一起赶了过去。好在，我们的速度并不慢。"

"可能雪域高原的神灵还没把我列在轮回转世的生死簿上。"邬天摩挲着胸前的灵犀吊坠，苦涩地笑了笑，"对了，对方解锰的审讯情况如何？"

"这家伙就是一个疯子！抓的时候拼命反抗，还趁人不备吞下了一小撮绿色粉末。等带进审讯室后，这家伙就变得神魂颠倒，瞳孔扩大，好像他已经云游到了另一个世界。总之，他是彻彻底底地疯了，不能指望他提供什么有价值的供述了。我还是和你说说专案组抵达后的工作情况吧。"贡波甲接着介绍，"侦查员们直接赶赴到西隆山的垭口，也就是我们埋伏和反埋伏的地方，准备收集现场遗留的证据。但是他们扑了个空，别说是血迹、弹壳，就连两名盗猎贼，甚至是山下洞穴内两匹马的尸体都不见了踪影。"

"已经有人先于警方打扫了战场。"

"的确,不过也不是全无收获,县局枪弹实验室的同志对弹壳进行了比对,证实了子弹就是从占黑所持的那把比利时小口径步枪里射出的。另外,我还把两名盗猎贼的背包给带了回来。"贡波甲说着,从车子后备箱里取出一个牛皮大包,撂在地上,"我和专案组的同志已经检查了一遍,里面都是一些在野外生存的给养,吃的、喝的,还有药品,暂时还没有发现有价值的线索。"

邬天解开牛皮大包的包带,先是用手翻检,接着便将包内的物品整个倒在了地上。大多是一些没有标签的瓶瓶罐罐,还有一些用油纸包裹着的牛肉饼。邬天捡起一块肉饼,放在篝火前。火光照亮了它细密的纹路,其中,还点缀了星星点点的紫色叶片。邬天将一个叶片抠了下来,放在鼻尖深吸了一口气。有关嗅觉的记忆开始慢慢飘散。他想起第一次见骆天保时,骆天保交给他的那块牛肉,正是用紫色叶片包裹着的。邬天将这一小块叶片揉成了卷儿递给贡波甲,问道:"你知道这是什么植物吗?"

贡波甲嗅了嗅,摇了摇头:"感觉像是一种薄荷味道的叶子,但我也不确定,在磐城我没见过这种树叶。"贡波甲将叶片放到了巴蒂的鼻子前,让它嗅了嗅,然后郑重其事地命令巴蒂,若是发现有一样味道的叶片,一定要向他报告。

巴蒂冲贡波甲汪了一声。

邬天看着人和狗之间的亲密互动,笑着说:"我在骆天保的屠宰间也见过这种叶片。"

"骆天保现在没影了,大概是看到专案组进驻磐城后就逃跑了。

一同消失的,还有地下赌场的老板巴西穆。专案组通过分析银行账户流水,发现骆天保和巴西穆有很密切的资金往来,特别是在高岩遇害前后。"

"高岩死了?"邬天先是一惊,接着缓缓摇头,"高岩在被害前,给团队的另一名成员泽木发了一封邮件。"邬天停了停,隐去了关于灵犀的部分,只是说:"高岩要泽木代为报案。"

贡波甲唔了一声:"高岩被害前后,整个磐城都处于断网的状态,他一定是骗了那些恶徒,进而获取了一次对外联络的机会。也因此惹怒了恶徒,对他下了死手。"

"被害现场是怎么样的?"

"伪装成了自杀,但是法医还是发现了证据,证明他是先遇害,之后尸体才被挂在了树上。"

两个人望着火焰,陷入了沉默。

半晌,贡波甲才缓缓地说:"你知道吗?法医在尸检时,从高岩右手的虎口部分提取到了火药的成分,我想,那是放焰火时留下的。"

"你是说,把我们引到野外的那束焰火,是高岩放的?"邬天问。

"那段时间,高岩被赌场团伙控制住,有可能被强迫做任何事情,只是,高岩并不知道这样做会带来怎样的后果。"

"也可以说是以死谢罪了。"邬天总结道。

贡波甲点点头:"看来赌场控制高岩的人身自由,催债只是幌子,他们还有更为隐秘的目的。"

"当然,那些赌徒只是冲在前面干脏活儿的。"邬天说,"包括骆天保。他直接和高岩他们三人的小团队接触,能够掌握他们的一举一动,甚至有可能会窃取这三人致力于保护的秘密。"

"什么秘密?"

邬天摇头道:"目前我并不能给出一个准确的答案,但是这些潜藏在幕后的脉络,如今已经慢慢浮出了水面:一个被白鹿梦魇住的申屠云武,一个沉迷于动植物密码的疯子方解锰,还有一个在高原野外打游击的占黑。你知道吗?当我们在发出疑问的时候,这些人也同样在发问。记得当我被方解锰迷昏后吊在半空中时,他对我说,他们想要方解锰通过药物来撬开我的嘴。大概他们以为我已经知晓了申屠灵所保守的核心秘密,至少是距离秘密只有一步之遥。"

邬天的话让贡波甲陷入了沉思。

邬天接着说:"我试图提出问题,从中把动机梳理清楚。申屠灵化名回到磐城,目的是什么?病入膏肓的申屠云武,以及他的同伙们布置了这么多的眼线,设置了这么多的障碍,目的又是什么?"

"这又说回到家族企业继承权的问题上了。"贡波甲说。

"从申屠云武的视角来看,他已经主掌企业这么多年,不出意外,他的儿子会继承权力,除非申屠云武当年取得企业经营权的合法性受到动摇。"

"你的意思是指当年那场火灾?"

邬天点点头:"二十年前,沧浪阁被一场大火烧毁,之后,新的庄园修好,申屠云文便蛰居在了庄园内,几乎不再和世人打交道。在那场大火中,申屠灵的母亲林珑失踪。当然,在此之前,还有许许多多的铺垫,比如桃花谷谷底那场营救盘羊的行动,就像是后续一系列罪恶事件的先兆。"

贡波甲说:"我大胆猜测一下,原本打算射向伦珠的那支弩箭上的毒物,还有林珑身上的香包,都是方解锰调配出来的。而占黑很可能和申屠云武一道,潜伏在附近的密林之中伺机而动。"

"不仅是箭头上的毒物,"邬天停了停,接着说,"我还怀疑塔锡家牧场突然暴发的疫情,也有可能是由方解锰配置的毒药所引发的。"

贡波甲一愣,然后明白过来:"塔锡不愿意向外转让牧场,所以申屠云武才指使方解锰投毒,让塔锡家迅速破产。而为了避嫌,又由骆天保将牧场购入名下。"顿了顿,贡波甲又说:"塔锡当时也这么怀疑来着,因此,在处理那些牦牛尸体时,他割下了几个牛胃,现在还偷偷保存着。可以请县局实验室的同志将那些胃和方解锰药房里的药物做一下毒化比对。"

邬天点点头,总结道:"我想,这是一个绵延了许多年的罪恶,原本一直隐藏在水面之下,直到申屠灵返回磐城后,才掀起了一丝真相的波澜。这令那些幕后操纵者感到深深的不安,唯恐真相会越揭越大,最终回溯到罪恶的根源上,从而动摇申屠云武及其后人对公司的掌控。"

贡波甲拍掌道:"按照你的分析,我可以大胆猜测一下,申屠云武直接参与了火灾事故以及林珑的失踪案,甚至有可能他把自己的兄长给软禁了起来。"

"这些都是猜测,还没有确凿的证据。"邬天顿了顿,"当然,我想申屠灵此次回磐城不是来争夺企业的,她就是想弄清楚当年究竟发生了什么,从而寻找母亲的下落,也寻找父亲被软禁前的灵魂。"

"但是,申屠灵现在在哪儿?"贡波甲问,"专案组重新调取了视频,证实了当时申屠灵乘坐货车离开磐城的那段视频是后期加工的。"

"我想,她应该还在磐城。"邬天说,"毕竟还有一个人,可能知道那场火灾的真相。"

贡波甲一愣,明白过来:"是的,申屠云文。"

邬天点点头:"那个选择隐居的丈夫、父亲、兄长,以及企业曾经的实控人。只不过,他已经保持沉默许多年,也许这一次,他仍然不会开口。但是和申屠灵一样,他的存在令那些幕后黑手不安。"

"骆天保和巴西穆可能会对申屠云文采取行动。"

"是的,别忘了还有一个幽灵正在野外逡巡,冷不丁地就会向我们射来一发弩箭,不得不防。"

"占黑!"

"占黑行踪不定,那我们更不能高调行事。我们最好的隐蔽物,便是专案组的大部队。"邬天说,"我的建议是,寻找专案组工作的盲点,或许在那里,我们可以和真正危险的敌人相遇。"

"专案组还没将申屠云文纳入侦查的要点,我可以联系老周,让他把我们带进庄园,一边埋伏等待,一边保护申屠云文。"

邬天点点头:"是时候接触这位隐居人了。"

"还有那头神奇的白鹿,关于它的传说,也已再次在磐城的百姓中传开了,虽然没有人声称亲眼见到过那头白鹿,但是大家都断言,这头白鹿就在距离磐城不远的地方保护着大家,甚至……"贡波甲顿了顿,"很多人都说自己梦见了那头神奇的白鹿,当然,和申屠云武的噩梦不同,那些都是香甜的美梦。"

26

　　立冬这一天的清晨，专案组八十余人分成了许多行动小组，抓捕那些已经化整为零的聚赌和参赌人员，其中的首要目标便是赌博团伙的头目巴西穆。有线索称此人已经化装为牧民，向西隆山的方向逃去了。对此，贡波甲并不相信，他认为巴西穆早已成了旱鸭子，失去了在野外求生的能力。他还向邬天断言，此人肯定就在磐城周边，像老鼠一样窝在阴暗的角落里。

　　贡波甲和邬天在客栈内吃过白央亲手包的饺子后，一同来到小楼别墅外，正赶上老周将车子驶出小院。刚上车，老周的电话响了。他一边听电话，一边回复道："阿吉啊……好的，知道了……注意安全。"

　　挂断电话后，老周告诉二人："有人看见阿吉带着那个赌场老板巴西穆往庄园去了。"

　　"确定吗？谁看见的？"

　　"我撒出去的眼线。"老周淡淡地说。接着，电话又响了，话筒里有叫喊声和咒骂声，有人大声向老周报告。老周嗯了一声，告诉邬天和贡波甲，人已经被控制住了。

在开往庄园的路上，老周坦诚道，在听说申屠云武身体垮掉后，他就提高了警惕，决心无论如何都要保护申屠云文的安全，他可不想看到"煮豆燃豆萁"的故事在兄弟间发生。

"所以说，问题最终还是归结到企业继承权方面的斗争上了？"贡波甲试着问道。

老周点头："虽然申屠云文和申屠灵无意争夺企业的经营权，但是申屠云武已经失去了理智，他必须要在离开这个世界前抓住点什么。"

"是申屠云武软禁了他的哥哥吗？"贡波甲又问。

老周张了张口，但是欲言又止，等到车子翻过一个上坡，老周才说："也算也不算。当然，为了防止哥哥重起争夺企业控制权的念头，作为弟弟的申屠云武在庄园里安排了全套人马，名为服务，实则监视。"老周苦笑着说："听起来像是一场宫斗剧是吧？但现实如此，毕竟是申屠云文在老爷子亡故后将企业从破产的边缘拉了回来，还将弟弟拉扯大。因此，申屠云武一方面对哥哥有所忌惮，另一方面或许也留存了些许的亲情。"

"那些申屠云武派来监视的仆人早已经被你劝降，成了你的眼线了吧。"贡波甲说。

"他们只是员工，拿一份工资，并不想违背自己的良心去做事。当然，他们在面对巴西穆的偷袭时能够主动反击，也让我颇感惊讶。"老周话锋一转，"其实，申屠云武大可不必这样。在那场火灾后，申屠云文对于世界已经丧失了兴趣,多年来的隐居生活,也让他退化成了一个没有任何需求和欲望的人。"

三人陷入了片刻的沉默。

邬天突然问:"你在天舐牧业中有股份?"

老周一怔,点了点头:"起初,我跟随申屠烈一道打拼,他给了我14%的股份。后来,我辅佐申屠云文度过了企业最危急的时刻,其间,我又陆续获赠10%的股份。因此,你也会理解,为什么我不想看见公司因为他们哥儿俩的内斗而走向末路。"

说话间,车子抵达了庄园下方的公路。沿着台阶向上望去,一群人正围在庄园的大门前,人群的中央有两个人被五花大绑着坐在地上。等到走近了,才发现其中一人是阿吉,而另外一人,想必便是赌场的老板巴西穆。

邬天告诉老周他要对阿吉单独问话,便上前将阿吉搀扶起来,穿过大门,走进了一片凋敝的竹林。在竹林中,邬天为阿吉松了绑,然后瞧着这个畏畏缩缩的大男孩。

阿吉的面部肌肉不断抽搐,他结巴着说:"我不得……不得不这么做。是他们……要我带巴西穆进园……园子的。"

"你和园子里的人很熟吗?"邬天问。

"父亲……经常让我给园子的后厨送松茸。"

"能赚很多钱吗?"

阿吉咬了咬嘴唇:"我们家欠……欠了许多钱。"

"如果我告诉你,是有人虚构了这么一笔债务呢?"

阿吉的脸上显出了一丝迷茫,大概还没理解"债务"这个词的准确意思。

贡波甲走上前对阿吉说："多年前,骆天保给你们家提供了一笔贷款,帮助你们购买了一批牛羊放进了家中的牧场。但没过多久,这批牛羊就相继病亡。你的父亲虽然心中有所怀疑,但是限于当时的技术手段,没有找到下毒的证据。不过就在半个小时前,县局聘请的毒化专家通过比对最近查获的一批药材的化学成分,确定了毒物的源头。"贡波甲生怕阿吉还不理解,便强调道:"也就是说,骆天保提供贷款和你们家中牛羊被毒死, 这两件事可能存在内在的关联,目的就是要你们家破产。"

阿吉的喉咙动了动,咬着嘴唇的牙齿也在颤抖。

"你以为替骆天保做事,是为了偿还欠下的那笔债务……"

贡波甲话还没说完,便被阿吉一声怒吼打断,然后是扑簌簌落下的大滴眼泪:"是他命令我把高……高岩的尸体挂到树上的。"

邬天和贡波甲皆是一怔,没有接话。

阿吉则像是水闸泄洪般,开始了如下讲述,包括骆天保和赌场老板巴西穆是怎样合谋控制高岩,又怎样逼迫高岩去往野外燃放了焰火;高岩是如何谎称能够联系到申屠灵,借机向泽木发送了一封邮件;赌场的马仔们是如何将高岩折磨致死,还逼着他一起伪造自杀现场……

阿吉一股脑儿说了一大通,其间也几乎不再结巴。可等到说完后,他便失去了所有力气,瘫倒在了地上,将脑袋埋在臂弯里。

邬天弯下腰,拍了拍阿吉的肩膀,语气和缓地说:"为什么骆天保要安排你去给视频号里的男主角做替身?"

阿吉没有答话。

"是为了监视高岩、泽木和灵珑吗？"邬天说着，从阿吉的腰后摸出那块刻有"珑"字的木牌，"只是骆天保没有想到，你的心被灵珑俘虏了。"

阿吉的脸红了。

说话间，两名警察已经出现在竹林外。贡波甲说："专案组的同志要把赌场老板和阿吉带走做进一步审查。"

邬天将阿吉从地上搀扶起身，郑重其事地说："我想骆天保选择你，也是因为他看中了你有一颗金子般的心。他原以为可以利用各种手段来操纵这颗心为他所用，但是金子就是金子，它的成色不会因为表面的玷污而有所变化，反倒会在一遍遍的锤打中证明它的价值。"

阿吉的脸上先是一阵迷茫，眼睛里慢慢有了光。他向邬天和贡波甲鞠了个躬，然后向林子外等候的两名警察走去。

别过阿吉后，邬天和贡波甲找到老周，在他的带领下，绕过连墙接栋的别墅房间，来到宅子后面的一间小木屋。在木屋里，一个瘦削的男人半蹲着，背对众人，聚精会神地用一把木工刀雕刻着什么。

贡波甲张口要说话。

老周先是摇头，然后几乎不出声地说："是的，他就是申屠云文。"

在沉默中，三人注视着申屠云文将手中的小木件反复把玩，反复琢磨，一点点塑造成一头小鹿的形象。突然一刀用力过猛，小鹿的鹿角被切掉了大半,他的大拇指也出现了一个血口子。申屠云文将拇指放进嘴里吸吮时,发现了身后站着的三人。不过申屠云文望着三人的眼神空洞苍白,完全没有他做木工活儿时的那份专注。干瞪了几秒后,申屠云文又把精力聚焦回了手中的残件上,反复雕琢了一刻钟,然后深深叹了口气,把这个残件扔进了一堆木头废料中。

老周这时开始介绍:"这位是贡波甲,磐城的警察,你之前应该见过;这位是邬天,贡波甲的搭档。"

申屠云文转身的那一瞬,邬天仿佛看到一抹光在这个瘦削的男人眸子里闪过,就像一颗星星突然爆炸,然后便迅速消亡在黑暗的宇宙中。

"你是被人软禁在这里的吗?"贡波甲开口问。

申屠云文毫无反应。

邬天从口袋里摸出一张照片,对着申屠云文说:"这是你女儿的照片,申屠灵,她失踪了,目前生死未卜。"

对方干瞪着眼睛,像是不明白邬天在说什么。

"还有你的妻子林珑,至今仍处于失踪的状态。"贡波甲补充道。

这句话像是融化了冰山的一角,申屠云文呢喃着:"林珑,林珑……"接着,他静静地哭了一阵,然后从废料里翻出那个小鹿木雕,继续用木工刀雕刻起来。

看到申屠云文再次沉浸回自己的世界中,老周只得无奈地将邬天和贡波甲请回茶室。沏上热茶后,他告诉二人:"申屠云文这般自闭已经很多年了,就像是渐冻人,一点点失去对自主意识的掌控。特别是在申屠灵离开家去到远方求学后,申屠云文开始一点点断绝和外界的各种联系。我不知道他是有意为之,还是患上了某种心理或者是生理上的疾病,但经过那场大火,他的确是受到了强烈刺激,所有的精力和情感都从外在转向了内在。"老周感慨道:"也许,云文本就是一个内向的人。当然,这也符合了弟弟的期望。如此,申屠云武便可以不受哥哥打扰,专心企业的经营。"

"听你的口气,感觉你和兄弟俩的感情很深。"贡波甲说。

"当年申屠烈也算是托孤于我,我是看着这两个少年长大成人的,当然会有很深的感情。"

"也见证了二人的分道扬镳。"贡波甲接着说。

"是的,"老周闭上眼,沉浸在对往昔的追忆中,他说,"我已经听说了这些天来发生在磐城内外的各种状况。我也明白,你们来找申屠云文,是想弄清当年那件失火案,以及林珑失踪案的真相。但是我能告诉你们的,不比任何一个普通磐城老百姓告诉你们的多。"顿了顿,老周加重语气:"案发时,申屠兄弟俩已经是草原上的鹰,不需要外人告诉他们往哪儿飞,更不会向外人透露他们之间的秘密。因此,不管是共谋,还是单独作案,知道全部真相的,只有这兄弟俩。"

说话间,桌上的手机发出振动,老周接通电话,听了半分钟,便陷入了长久的沉默。老周语气沉缓地宣布:"申屠云武已经病逝,器官衰竭,就在刚才。"

接着,老周将双掌覆在自己的脸上,停了几秒,才慢慢放下:"我已经目睹了申屠家太多的悲剧。如今,兄弟俩一个死了,一个疯了,也许我能拯救的,就只有失踪的申屠灵了。"

"冒昧地问一句,你和申屠灵的关系如何?"邬天问道。

老周沉重的表情稍稍缓和:"申屠灵上小学那会儿,每每放学后,都会到我的小楼里玩一会儿,然后才由申屠云文派来的车子接回庄园。后来申屠灵考上了北京的一所名牌大学。开学前,她专程和我告别,告诉我那所大学正是她母亲曾经就读的学校。也许从那时起,申屠灵就已经开始了对她母亲下落的寻找。只是没想到,如今反倒成了我在寻找申屠灵的下落。"

邬天唔了一声,宽慰老周。"我想申屠灵现在正安稳地待在某个地方,或许就在磐城内,在不受外人打扰的情况下,独自去翻译她父母留下的生活密码。"顿了顿,邬天又说,"没准儿就这几天,申屠灵就会带着那些破解出的答案回到我们身边。"

27

离开庄园后，邬天径直回到白央客栈。还是先前的那个房间，还是泛着熟悉香气的床单被罩，邬天感到很安心。他躺在床上，禁不住地摩挲着胸前的方尖塔吊坠，想起了电影《指环王》里面的那枚魔戒，那枚让人如痴如醉难以自拔，却拥有毁灭一切力量的神秘玩意儿。

无疑，对于邬天来说，灵犀也像那枚魔戒一样，既是一个金光灿灿的圆环，又围拢出一个难以洞穿的黑暗。邬天许多次动过念头，希望将内心的那些疑问和困惑向灵犀求解，但临到最后，邬天忍住了。正如贡波甲曾经告诉过他的：高原是需要一步步往上爬的，若是直接空投到山顶上，难免会产生高原反应。因此，一股脑儿地真相大白，并非是什么好事，反倒会令人无法消化，所以邬天还是决定靠着自己的探索去发现真相。

下定决心后，邬天将注意力重新聚焦在当下的一系列谜题上，其中第一个问题是申屠灵此刻到底在哪里。

从申屠灵自房间逃离时故意制造的痕迹，以及伪造离开磐城的视频来看，邬天相信，申屠灵是主动选择失踪，并在磐城内找了一个隐秘的角落落脚，既作为临时的避难所，也当作作战的指挥部。这样一来，她不仅躲过了后续明刀暗枪的斗争，更刺激了幕后黑手们对她展开一轮又一轮的搜捕，也因此让黑手们留下了可供警察追踪的马脚。

邬天闭上眼睛，思绪开始沿着磐城的山路街巷、树丛枝杈、悬在半空的电网，以及埋在地下的管线穿梭。邬天仿佛看到申屠灵披上了小傻子益西的花被单，在风雪中疾走，在深井里下探，在长长的地道里踽踽前行。最后，她终于冲出了磐城的罪恶迷宫，但面对地道出口外的天高地阔，面对通往远方的笔直道路，又毅然而然地掉转身子，返回磐城。

接着，她会去往哪里？

思绪继续在地道中左突右闯、茫然四顾，不知哪里才是真正的出口。在许多次大胆的假设和徒然的论证后，他的屏气凝神也开始慢慢消解，然后坠落，朝向深不见底的井底，咕嘟嘟地泛起了水泡……邬天猛然睁开双眼，想起了申屠烈开挖这口井的初衷。他应该不只是为了寻找出城的地道而挖了这口竖井，毕竟，这里距离十二魂堡是如此之近，他一定不会放弃，而是向下，继续向下，一直抵达磐城百姓精神信仰的最深处……

邬天从床上一跃而起，驾车来到了魂堡后面的废墟花园，找到了那个秘密的井口，又顺着井口的梯子向下爬去。很快，邬天抵达了通往磐城出城地道的洞口。他屏气凝神，感受到一丝向上的风拂过脸颊,于是,邬天坚定地沿梯子继续向下爬去。不一会儿,他的脚就浸没在了水中。但梯子还在向下延伸。邬天一边用手摸索着井壁,一边继续向下,等到胸口没入冰冷的井水时,他的手指感到井壁向内凹进去了一大片。

邬天深吸一口气,整个脑袋没入水中,开始探索这个凹陷部位的构造。蓦然间,他摸到了一个半弧形的铁质物件,而随着弧形两翼扩大又收拢,邬天意识到这是一个形若方向盘的盖子。他浮出水面换一大口气,然后又潜入水下用力去拧这个方向盘。方向盘先是有所松动,然后突然中门大开,形成强大吸力,带着邬天和井水一同冲进了另一个洞内。

咳了一阵,邬天才将嘴巴里的污秽全部吐尽,起身蹚水继续前进。走不远,又撞到了一面石墙。邬天用掌心感受这面石墙的纹路和缝隙,渐渐在脑海中拼凑出一个嵌在石墙中央的长方形平面。他猜测这是一扇石门,而自己身处的位置,相当于水密舱,把里间的空间与外面的井水隔离开。

石门上没有把手,邬天只得用肩膀去顶石门的一边,石块与石块间发出沉重的摩擦声,继而形成空洞的回音。邬天又加了一把力,石门终被推开。不远处,一道光束从上而下,有如上天赐予的天书卷轴。

邬天寻着光亮,一直向前,来到了一处圆形大厅,发现这道光正是从狭小的天井照下的,落在了大厅中央的方形石桌上。石桌周围围了十二尊庄严肃穆的石像,邬天凑上前去看,认出了这些石像帽子上镌刻的五角星。

大概这里就是十二魂堡的地下大厅了吧。邬天这么想着,目光渐渐适应了周遭的黑暗。他发现每一尊石像的背后,都有一个面积更小的墓穴。在一位老战士石像身后的墓穴中央有着一具石棺,棺盖上面密密麻麻刻着许多文字,记录了他们最后的战斗。其他的石像也都是战士造型,目光炯炯,枕戈待旦。只有一具石像抱着双膝坐在地上,仰面望向巴掌大的天井,长长的步枪还扛在瘦弱的肩膀上。纵然经年累月的雨雪模糊了他的面容,邬天还是能够辨别出这是一位年龄只不过十二三岁的小战士。小战士墓穴里的石棺尺寸也比常规的要短小一些,而且棺盖是开着的。

　　邬天默立片刻,走上前,向棺内探望,就感到一道风冲着自己的太阳穴而来。他侧开身,伸手拽住了紧握的拳头,轻轻一掰,女孩便跪在了他的身前。邬天弯下腰,举起胸前的方尖塔说:"是我,灵犀的搭档,我是来救你的。"

　　女孩一边叫疼,一边呵呵笑出声来。

　　与此同时,灵犀投射出一道红色的光芒,打在墙壁上,然后慢慢扩大,成了一个对话框:是的,我们都是一伙儿的。

　　"我们,谁和谁?"邬天问。

　　女孩说:"只有我和你,我是申屠灵。"

　　"那么这个小玩意儿呢?"邬天问。

　　申屠灵眨了眨眼睛:"俗套的电视剧里总有那么一句俗话,叫作'此地无银三百两'。"

　　邬天笑了:"我明白了,这个灵犀就是一个鱼钩,两头都有倒钩的那种,一头钩住了贼人,另一头则钩住了警察。而你,就是那个抛鱼钩的人。"

"你也是愿者上钩，正邪不两立嘛！"申屠灵答道。

"好吧，"邬天故作恼怒之色，"说一说你的剧本都是怎么演绎的吧。"

申屠灵沉一口气，开始了介绍："自从返回磬城后，我便感受到了潜在的敌意和威胁。尤其是我带回来的高科技，也就是灵犀，对于那些心怀不轨者，它像是一个盲盒，除了我，谁都不了解它的智能水平。于是，骆天保利诱威逼高岩，希望刺探灵犀的内幕，乃至将其盗走为他所用。他们都没想到，灵犀只是一个图像合成软件加通信定位工具。大家对它的能力有着明显的高估。"

"的确是够唬人的。"邬天摩挲着灵犀的方尖塔外壳，接着说，"真正厉害的还是你，你黑了我的手机，和我搭建了沟通的渠道。"

"准确地说，是我黑进了你的社交账户。你只用一套账号密码，想破译还是很简单的。"

"为什么选择躲到这里来？"

"因为他们太强大了，也太急迫了。高岩很快就落入了陷阱，背上了沉重的赌债；泽木也不得不暂时离开。我想如果那些幕后黑手还弄不清楚灵犀的真实面目，就会直接冲着我来。"

"于是，在白央客栈停电的那个雪夜，你披上了益西的花被单，下到井里，先是沿着出城的通道行进，将花被单扔到出口后，又反身回到井里，继续向下，从另一个更为隐秘的通道来到了十二魂堡。"

"非常准确。"

"而我们看到的你搭货车离开的视频，则是你做的图像合成。"

邬天说，"那一天风雪太大，所有司机都被困在了十二道梁子，不可能有过路的货车。另外，灵犀也有着很强大的视频合成能力。"

"我没看走眼，你的确很厉害！"申屠灵赞叹道。

"那些坏蛋也不相信你离开了磐城。"邬天说，"只是，为什么你会选择藏在这里？"

"因为除了申屠家的人，再没有其他人知道这条通往墓穴的地道。"

"包括老周？"

"是的，他也不知道！"

"但是地道被井水淹没了啊。"邬天追问。

"这是爷爷当年设计的高明之处。"申屠灵答道，"磐城的地势较高，且越是高处，山石就越多，含水量不够。因此，为了保证百姓家的井水不枯，当地政府在爷爷的资助下，很久以前就铺设了地下管网，又从城外不断抽取河湖水输送到山顶上。抽水和供水是有时间表的，我是在井水水位较低时进入到墓穴里的。到了第二天，抽水机发挥作用，井水便漫过了洞口，就没有人再来打扰我了。"

"你的意思是，除了申屠云文、申屠云武，对了，还有申屠云武的儿子，再没有人知道这个地道的所在？"

申屠灵点点头："这是爷爷定下来的规矩。一方面，这是我们申屠家的逃生通道，不能让外人知晓；另一方面，万一磐城百姓知道了申屠家的人抵达了他们精神信仰的核心，他们肯定会把所有姓申屠的人绑起来扔到野外喂饿狼的。"

"在这个地下墓穴里，你都是怎么生活的？"

"我早就把各种给养搬到了墓穴里,做好了打持久战的准备,单是电池我就准备了好几摞。"申屠灵耸耸肩,"不过最初来时,守着十二具石棺,还是有点害怕的,但后来转念一想,这些英灵既然曾经保护过磐城,那么他们一定也会保护我的。为了打发时间,我便把精力放在了手里的科研课题上,继续实验完善灵犀的各种设计,当然,也偶尔查看你的位置信息,给你些提醒什么的。"

"一共三次,一次是在砖窑厂提醒我不要轻举妄动,一次是去西隆山追捕盗猎贼时提醒我要小心,最后一次是给贡波甲发信息,要他去药房解救我。"

"完全正确!"

邬天这时瞥见墙壁上有一些由浅浅的线条组成的几何图形,便凑上前去看。

"我来的时候就发现有这些线条存在,看起来就像是毕加索的抽象派图画,不知道要表达什么意思。"申屠灵解释道。

邬天望着这些图案,沉思片刻,突然问道:"有没有可能是你的母亲留下的呢?"

"什么?"

"我就是随口说说。"邬天举起手机拍了一张照片。

"交给你的任务完成得怎么样啊?"申屠灵问道。

邬天一怔。

"你应该晓得我此次回到磐城的真正目的吧?"

"当然,你是为了还原有关你父母的真相才回来的。"

"那么,大侦探,真相是什么呢?"

邬天摇摇头，说："我无法给你肯定的答案。"

"我不需要确凿的证据，我只想你告诉我，罪恶的源头是我的叔叔申屠云武吗？"

邬天依旧摇头，说："我不知道。"顿了顿，邬天补充道："申屠云武已经死了。"

申屠灵哑然片刻，问道："发生了什么？"

"据说他梦到了一头白鹿，这头白鹿折磨了他每一个白天黑夜，让他的身体迅速垮掉。这是目前的解释。"邬天说，"我明白，申屠云武的身上有足够令人怀疑的因素，而且我也掌握了他参与盗猎和使用毒药的部分证据，但这些证据都无法证明申屠云武就是制造当年那场大火，并导致你母亲失踪的凶手。"邬天沉了口气，向申屠灵发问："既然你的叔叔已经去世，那么知道那场火灾真相的，可能就只有你的父亲了。关于你的父亲，你有多少了解？"

"你是说他也有可能是嫌疑人吗？"申屠灵盯着邬天的眼睛。

"我也许可以通过你的叙述，排除他的嫌疑。"

"自打我记事，我和父亲的感情就很淡，反倒是和老周的关系更为亲密些。他就像是我的爷爷，陪伴了我整个童年和少年。后来我离开磐城到县城上了中学，和父亲的联系就更少了。可是随着我离家越远，那种血缘上的因子便越来越在我的体内复活，我开始给他写信，有时也给他打电话，但收到的回复都寡淡如水。后来我听老周说，父亲已经和这个世界越来越隔离了。"

"那么老周呢，他了解真相吗？"

"我不是很确定。"申屠灵想了想说，"老周其实是和我爷爷申屠烈同一辈的人。他和申屠家一直保持着某种若即若离的感情关系，生意上也保持着相对的独立。他很关心申屠家的儿女，希望他们都能越来越好。至于那些罪恶的秘密，他大概是没有机会接触到。"

邬天在心里思忖了一分钟，觉得已经没有什么要问的了，便建议申屠灵和他一起离开魂堡。

申屠灵收拾给养准备离开时，突然问邬天："高岩怎么样了？他一定吃了不少苦头吧？"

"他已经被杀害了。"邬天平静地告诉申屠灵。

申屠灵的肩膀抖了一下，整个人像是被瞬间抽走了灵魂，眼泪立即蒙住了整张面孔。

28

　　一同回到客栈后，邬天拨通了老周的电话，告诉他申屠灵已经平安归来的消息。

　　"我一直相信你是有办法的。"老周的话音平淡，没有丝毫的惊异，"她现在情况如何？"

　　"挺好的。"

　　"那今晚就将申屠灵托付给你了，明天一大早，我就赶到白央客栈。"

　　"如果可以，请把申屠云文一同带来客栈。"

　　"对的，父女团聚，也许申屠灵能够让她的父亲回忆起往事。"

　　"有这种可能。"

　　"那就这么说定了。"

　　邬天像是临时变了卦："改到你的小楼别墅里见吧。"

　　老周发出了一声疑惑的"嗯"。

　　"只是不想再给白央添麻烦。"邬天解释道。

老周善解人意地笑了:"当然,白央是一个好女人。"

收线后,邬天暗暗吁了一口气,然后来到白央房间的门外,看到巴蒂正端坐着,认真地执行贡波甲派给它的守卫任务。屋里传来白央和申屠灵之间的窃窃私语。邬天伸手,想要摸巴蒂的脑袋。巴蒂歪了歪头,大概不太喜欢这种亲昵的举动。邬天低声说:"我们都是战士,不需要他人的理解和温柔,是不是?"说完,邬天靠着门框缓缓坐下,和巴蒂一道开始彻夜守护。

这是一个万籁俱寂的夜晚。大自然无声无息地抽走了所有动静,真空般的寂静包裹住了人的思绪。邬天只觉得极度疲倦,风折谷的湖水已然结成了冰,寒意一寸又一寸禁锢住了他的双脚、膝盖、腰腹,他只能徒然地看着一双双绿色的眼睛向他逼近……

邬天猛然惊醒,发现白央正站在他的面前,怀抱着一床厚厚的毯子。

"做噩梦了?"白央问。

邬天揉了揉太阳穴:"只是想起了一些过去的事情。"

白央挨着邬天坐了下来,然后将毯子铺在了两人的身上。

邬天的心脏往回缩了一下,屁股没有挪窝。

白央悄声说:"谢谢你,帮我找回了一位房客。"

"不客气。"

"可是,我也即将要失去一位房客,对吗?"

邬天没有作声。

"等这一切结束后,你会开车继续四处游荡吗?"

邬天摇了摇头:"我不知道。"

白央无声地哭了。

邬天沉默片刻,自言自语道:"人生就是一片荒原。越是意识到自己正身处其中,就越能感受到自己的渺小和真实。我们的贪婪、恐惧、无私、善良……构成我们本能的那些因子都会成倍放大。正是具备了这样的本能,我们才会像迁徙的动物不断前进,去对抗荒原中四下潜伏的虚无。"邬天看着白央,缓缓地说:"谢谢你,帮我在荒原中找回了自己。"

白央抿了抿嘴唇,将脑袋轻轻地靠在了邬天的肩膀上。

次日清晨,邬天开车载着申屠灵和巴蒂来到了老周的小楼别墅门外。他们来早了,别墅的铁栅门被一道铁链锁锁着,院子里的白杨树尽是枯枝,光秃秃的没有一片树叶。这个冬天还会很漫长,邬天这么想。

申屠灵亦是盯着大门,神色有些紧张。

"和父亲,有许多年没有见了吧?"邬天问。

"是的,从上初中开始……"

"一切都会好起来的。"邬天宽慰道,"至少,不会比现在更糟。"

话音刚落,一辆牧马人汽车停在了别墅外。车门打开,老周离开驾驶座,没有去开别墅大门,而是绕到副驾驶座,扶着申屠云文下了车。

申屠云文似乎不明白来此是何目的。他只是原地杵着,手里攥着一个小木件,瘦骨嶙峋的,好像一阵大风都会把他吹倒。

车内,百感交集的神色爬上了申屠灵的面孔,这其中有紧张,有心疼,也有些许的疑惑,大概她是在将眼前的这位父亲和儿时的印象进行比对。

"下车吧。"邬天建议道,"上去搀扶你的父亲。"

申屠灵回过神来,赶忙下车,快步走向申屠云文。申屠云文则像是受到惊吓,若不是被老周攥住了手,很有可能会逃回车里。申屠灵走到近前,张了张嘴,什么都没说出声便泪如雨下。申屠云文也像是受到了某种启发,他摊开手,掌心里是一只雕工精美的木质小鹿。

老周相继打开了别墅的院门以及外间客厅的房门。申屠灵搀扶着父亲,将他安置在一把软椅上,然后退后几步,垂手而立,显示出一位女儿的毕恭毕敬。父女四目相对,并没有语言上的交流。

老周给邬天使了一个眼色,两个人便悄然从客厅退了出来,将里面的空间留给了父女俩。白杨树下,巴蒂的嗓子里发出了呼噜声。邬天说:"伙计,放松点。"接着,邬天抱歉地解释道:"白央她有点害怕这个大家伙,只能把它带在身边了。"

老周笑道:"理解! 不过,这是贡波甲的藏獒啊,怎么成了你的伙计了? "

"我和它也算是一同历经了生死,有过命的交情。"

"不容易啊。"老周感慨道。

"申屠云文的反应很木讷啊。"邬天换了个话题。

老周叹息道:"也许申屠云文是真的忘记了所有人,包括他的女儿;也许,申屠云文已经打定了主意,要将所有的秘密全部沤烂在他的肚子里。"

"如此一来，"邬天皱起眉头，"关于当年那场火灾的真相，是不会有结果了。"

　　老周长长地吁了一口气，不知是出于无奈，又或是某种释然。

　　"也许随着时间的推移，坚冰会慢慢消融。总之，事情总算是往好的方向发展了。"邬天伸了个懒腰，巴蒂也在此时迈着缓慢的步伐，开始在别墅内逡巡。老周的目光追着巴蒂警觉的尾巴，消失在了别墅的墙角。

　　邬天打断了老周的注意："关于天舐牧业的经营权，你有什么打算？"

　　老周显然有些疑惑。"这个不应该问我，我只是一个外人，需要我的时候我才会出现，其他时候，我宁愿躲进这栋小楼里养老。"顿了顿，老周又说，"公司未来的继承人就在大厅里，你应该问一问她。"

　　"你说的是申屠云文，还是他的女儿？"

　　"当然是申屠灵了。"老周说，"兄弟俩一个死了，一个疯了，至于申屠云武的儿子，也因为盗猎被关起来了。董事会若是开会表决，肯定会推选申屠灵作为公司的继承人。当然，如果她对继承公司感兴趣的话。"

　　"是啊，人不能总是沉湎于过去，还应该向前看。申屠灵总会长大的，或许，她会将对过去的追问暂时放下，追随她母亲未竟的事业，真正通过这家公司来造福磬城百姓和高原的万千生灵。"邬天停了停，接着说，"昨天晚上，她已经对我说起了她对于公司未来发展的各种计划。"

老周看着邬天，微笑着，没有接话。

正在此时，巴蒂传来一声声吠叫。两人来到后院，看到巴蒂正站在一个温室大棚外，一脸的警觉。这个大棚约有两百平方米，并不比别墅占地面积小。

"也许是这家伙的肚子饿了。"邬天上前去拉巴蒂脖上的项圈。

老周笑着附和："里面种的都是蔬菜，巴蒂对吃素肯定不感兴趣。"

"警犬的伙食搭配是很均衡的，没准儿里面就有它爱吃的东西。"邬天说，"对了，上次你说要请我们参观你的花园的。"

老周犹豫了一下，走上前在门禁上按下指纹，然后请邬天和巴蒂一同进入大棚。

大棚内俨然是一座亚热带景观花园，各种藤蔓与山石，高高低低，错落分布，形成了一道道绿色的山墙，让身处其中的人感到晕眩。

老周向邬天依次介绍这些植物的名称、习性、形态特征，还有他专门设计的智能化温控系统，好像此刻不在高原，而是在他的南方老家。邬天一边装作在听，一边偷偷揪下了一片紫色的卵形叶片，用指尖感受它边缘的锯齿。

老周介绍完，刚回过身，邬天便将这枚叶片揣进了口袋。邬天说："你很想念你的故乡。"

"老家没人了，我也回不去了。"老周叹了口气，反问邬天，"这一切结束后，你会离开磐城吗？"

"会的。"邬天说，"高原的山河已经装入了我的脑袋里，我可以不带遗憾地再出发了。"

"祝你好运。"老周说。

两人离开温室,回到前院,看见申屠灵已经搀扶着父亲出了客厅,申屠灵的脸上挂着失望的表情。

老周问申屠灵:"要不要回沧浪阁? 我送你回去。"

"还是先回白央客栈吧,我的东西都还在客栈里。"申屠灵说完,拥抱了父亲,然后将他送回老周的车上,自己也坐回了邬天的车里。

接着,老周和邬天握手道别。松开手的瞬间,邬天像是想起了什么事情,掏出手机,将十二魂堡墓穴墙壁上的图案展示给老周:"照片拍得不清楚,但是这些图案,有什么意义吗? "

老周一愣,眯缝起眼睛,然后缓缓摇了摇头。

邬天解释道:"申屠灵怀疑这些是她的母亲林珑在墙壁上留下的,这样的痕迹还有不少,我没有拍全。"

老周问:"这是在哪里? 我没有见过这些印记。"

"你肯定没有见过。这是只有申屠家的成员才知道的秘密藏身之所,申屠灵就是在这里躲了许多天。"

"你是怎么找到这个地方的?"

"别忘了,我可是有一个侦探的大脑。"邬天笑着打了个马虎眼,转而又正色道,"申屠灵愿意带你到这里去,或许你可以帮着她破译这些图案的真正意义。"

"什么时候? "

"今天中午,那时候光线正好。到时候申屠灵会联系你。"邬天最后提醒道,"记得带上手电,再多穿几件衣服啊。"

29

　　开车回客栈的路上，途经警务室，邬天见到贡波甲又在将各种给养往他的皮卡车上搬运，便问他是不是又要出任务。

　　贡波甲告诉邬天："有传闻说白鹿出现在了桃花谷谷底，一同出现的还有占黑的行踪。县局已经组织了大规模的抓捕警力赶赴那里。"

　　"你要去当向导？"

　　"倒也不必，只是对于这个老对手，我的嗅觉更为敏感，专案组组长希望我能参加此次抓捕。"

　　说话间，一个黑点从白云间向下俯冲，却在最后时刻双翼横展，减缓速度，停在了十二魂堡的方尖塔顶上，俯瞰整座小城。邬天认出那是德木亚。他收回目光，问贡波甲："凭借你猎人的嗅觉，你认为占黑现在会在哪儿？"

　　贡波甲犹豫片刻，回答道："我觉得桃花谷谷底的消息是烟幕弹，占黑此刻离我们不会太远。"

"我同意你的判断,没准儿这又是一计调虎离山。"说着,邬天将嘴巴凑近贡波甲的耳朵,低声说了足足有五分钟。贡波甲在此期间不断调整着眉毛的姿态,还时不时地将目光斜向副驾驶座上的申屠灵。

末了,贡波甲脱去外套,解开里面的防弹背心,扔给了申屠灵,命令她穿上。申屠灵不解。贡波甲虎起了脸,说了通什么"配合警察,公民义务,不要添麻烦"之类的官方用语,弄得一旁的邬天都有点尴尬。好在最后申屠灵还是将这件防弹背心穿在了羽绒服里。

别过贡波甲后,申屠灵问邬天:"是不是我还处于危险当中?"

邬天点点头:"当然,你没听贡波甲说那个致命的逃犯占黑还没落网吗?"

"可是,我的叔叔已经病逝了啊!"

"看来你已经认定申屠云武就是幕后的黑手。"

申屠灵说不出话来。

邬天缓和下口气,说:"如今,你已经成了天舐牧业唯一合法的继承人,身份更是敏感,所以还是多加提防些为好。"

申屠灵默然片刻,接着问道:"老周为什么要去墓穴里呢?"

"大概是想看看那些抽象的图案吧,你给他指个路就行,其他的不用多说。"

"你不陪我一起吗?"

邬天摇了摇头。

"不怕我有危险吗?"

"那是老周,又不是别人。"邬天笑道,"放心吧,只要你有危险,我会立即出现的。"

和申屠灵在客栈暂别后，邬天正要离开，撞见了白央。

白央问："你要去哪里？"

邬天没想好怎么答话。

"贡波甲又要出去追捕占黑了……"白央欲言又止。

"放心吧，这一次我不离开磐城。"邬天想了想，又说，"如果你放心不下，那就去磐城外的落玛尔寺吧，那里有我救下的白唇鹿，请你和它一道为我和贡波甲祈祷吧。"

说完，邬天便大步离开，几乎一刻也没有耽误，便直奔十二魂堡而去。

绕过魂堡后广场，邬天潜入了废墟花园，找到那口深井，沿着梯子经过第一个洞口，又继续向下，来到了第二个洞口，穿过甬道，进入石门，便抵达了魂堡的中央大厅。

时间尚早，太阳虽不能直射，但魂堡内还有些许光亮。邬天竖起耳朵，听到风吹过塔尖，发出一阵阵的呼哨。这些呼哨钻进了魂堡内部，在十二尊石像间穿梭，仿佛是它们发出的笑声。邬天跟着无声地笑了一阵，接着就躲进了老战士墓穴的石棺中，等待下一位访客的到来。

邬天并没有等待许久，当日光呈70度角射入魂堡时，两串脚步声由远及近，来到了墓穴的中央。

一个男人的声音："我现在应该躲起来。"

另一个男人回答："这是个很不错的藏身之所。"

"这儿？埋死人的地方，你开什么玩笑。"

"我没开玩笑，申屠灵就在这里藏了大半个月。"

"她？藏在这里？"

"是的，我和她通过电话了，是她告诉我申屠家居然还有这么一个不为人知的地方。"

"我不管！我和她不一样，我已经完成了任务，现在该找个地方逍遥半年。之后，我会找你履行承诺。"

"这事还不算完，你还需要帮我完成一件事情。"

沉寂了几秒后，邬天听到了子弹上膛的声音。

"什么意思？"

"这事本来是留给巴西穆做的，他是你的小弟，可是他现在已经被警察抓了，只能由你这个大哥亲自动手了。"

"我干不了这事。"

"你的手已经沾上了鲜血，多杀一个人，对你来说并没有什么区别。"

"你的手上就没鲜血吗？"

"哈哈，不要对鲜血避之不及，这是高原，红彤彤的大地浸透了鲜血。"停了两秒，这个声音又响起，"嘘，我们的猎物来了。"

几秒后，邬天听到了一声女性的尖叫："他怎么在这儿？"

"把枪拿去，杀了她。"

"不，这事还是你干吧。"

一声冷笑，一声枪响，一声男人痛苦的呜咽，接着，又是一声枪响。

枪响的瞬间,邬天跳出了石棺,还没冲出墓穴,就听到那个声音接着说:"灵灵,你一定很好奇吧。"

邬天刹住脚步,躲在老战士的石像后面,瞥见老周正背对着自己,举着手枪,对准了申屠灵。边上,是躺在地上没有了动静的骆天保。

申屠灵抑制着急促的呼吸:"我不好奇了,有些事情我已经清楚了。"

"比如说?"

"你会告诉警方,是骆天保先冲我开枪。我倒地后,他又将枪口对准你时,你把枪夺了过来,击毙了骆天保。而我呢,也因为伤重不治身亡。"

"很遗憾,故事要以这种俗套的桥段收尾。"

"是你导演了这一切吧?从头至尾,我要知道全部的答案。"

"无所谓了,什么答案不答案的,等你去了阴曹地府,见到了你的爸妈,还有你的疯子叔叔,你们可以在一起开一个家庭会议,没准儿能把真相拼凑起来。"老周连连笑了几声,笑声又变成了咳嗽声,"但是我却还在好奇,对于二十年前的那场火灾,你,还有你的那个人工智能,到底知道多少?"

申屠灵摇头,不肯回答。

老周向前逼了一步:"我会让你死得很缓慢,很痛苦!"

"何不让我向大家揭露一下真相?"邬天从石像背后走了出来。

老周一惊,刚一转身,先是整个胳膊被邬天拽住,接着胸口被邬天的肩膀猛击,枪也掉在了地上。邬天将枪踢给了申屠灵。

老周瘫坐在地上,一边喘息一边环顾墓穴的墙壁,眼神也从迷惑变得灰暗:"这些根本不是林珑涂画的,对不对?"

邬天点了点头。

老周愤恨道:"你为什么要不顾死活参与到别人的是非中?"

"当了这么多年的警察,职业本能吧。"

老周嘴巴张了张,然后叹口气:"我还有很多的问题,但是成王败寇,这些问题现在都不重要了。"

邬天上前,用麻绳将老周的双腕反绑在身后,推着他起身,正要往外走,又听见脚步声从巷道里传来。老周的脸上又露出了喜色。

邬天说:"大概是援兵来了。"

两人盯着黑暗处,那里渐渐显出一个人的轮廓,然后才是手脚、躯干以及五官。

是贡波甲。

贡波甲看到老周被捆住,先是一愣,然后明白过来。

邬天问:"老周的援兵呢?"

贡波甲说:"按照你的安排,我躲在离开磐城的地道外埋伏占黑。没想到他也在等待我的到来。要不是有一只金雕在紧要关头扑向占黑,没准儿此刻站在你们面前的就是他了。"

"占黑人呢?"

"已经被县公安局的警察带走了。"

邬天转过身对老周说:"那只金雕是有主人的,它主人的名字叫作伦珠,我想你对这个名字应该不陌生吧?"

30

　　出了井口，邬天和贡波甲将老周移交给了县局专案组的民警。申屠灵从警察的急救包里翻出碘伏，给贡波甲脸上的伤口消毒。贡波甲一动也不动，就像一头性情温顺的棕熊。

　　邬天拍了拍贡波甲的肩膀："一点小伤,可至于？"

　　贡波甲嘿嘿在笑。

　　邬天又对二人说："事情还不算完,咱们还得去趟沧浪阁,去见一个人。"

　　申屠灵别过脑袋,双肩抽动。

　　邬天叹口气："也许事实真如老周所说,但我们还是要验证一下。"

　　随后,三人开车向沧浪阁驶去。路上,邬天和申屠灵都不吭声,贡波甲也不得不压抑破案的喜悦,以及内心未解的疑惑。

　　抵达沧浪阁后,三人径直来到后院的木匠屋,看到了背对着他们,仍用工具敲敲打打的申屠云文。邬天说："老周已经被抓了。"

　　申屠云文没有动弹。

邬天又说："我们要从你身上取样，做DNA比对。"

申屠云文原地跳起，撒腿逃跑。申屠灵冲上前，拽住了他的衣领吼道："我的父亲在哪儿？"

邬天将发了疯的申屠灵拉开，然后冷着脸问男人："你是谁？"

男人说："我原本是邻县给人放牧的。后来我欠了赌债，算是卖身进了沧浪阁，按照老周的安排，化装整容后，扮成了申屠云文。"

"一辈子都卖身给了老周？"贡波甲问。

"不，再过一年，我就自由了，老周还答应给我一大笔钱。"

"你的家人呢？"贡波甲又问。

"父母都死了，我也没有老婆。"

邬天问："你见过申屠云文吗？"

男人的眼珠子开始乱瞟，嘴巴也哆嗦了起来。

贡波甲催促道："老周也被抓了，你不想说，有知情人会争着说。"

男人两腿一软，双膝跪地："他……他就在下面。"

"什么？"邬天也觉得惊讶。

男人松了口气："是老周指使我把申屠云文埋在了下面，把土填平后，又在原地建了这栋小木屋。我的脸就是按照申屠云文生前的模样整的。"

申屠灵捂着嘴巴，强忍着不让自己哭出来。

邬天对贡波甲说："通知专案组把这个男人带回去审讯吧。"

贡波甲将男人铐在了屋外的铁栅栏上，接着掏出手机，拨了一串号码。邬天则领着申屠灵来到了水榭亭台，望着正中立着的石碑，缓缓地说："刚才在墓穴里，你已经听到了老周的话，你的父亲和叔叔已经离开了人世。"

申屠灵含泪点头。

"他们兄弟俩可能做错了一些事,但他们不是罪人。"邬天停顿片刻,看到贡波甲也来到了亭台中,接着说,"我欠你们一个解释。"

贡波甲感慨道:"老弟,是很多解释!"

邬天仰起头,看到那只金雕正在天空盘旋。邬天说:"或许在上天的眼里,一切都没有那么复杂。"

邬天停顿片刻,开始娓娓道来:"还记得那两名遇害的盗猎贼吧?他们的包袱里有一坨用一种植物叶片包裹的熟牛肉,这种叶片我第一次在磐城见到,是在骆天保的屠宰铺里,他也是用这种叶片包裹了一块肉,当作见面礼送给了我。我从网上查了资料,弄清楚这种叶子叫作苏子叶,可以食用,生长在温带平原地区,高原上是不产的。今天早上,巴蒂靠嗅觉引领着我到了老周小楼别墅的后院,在他的温室大棚里,我再次发现了这种叫作苏子叶的植物。

"仅仅是几片树叶,算不得什么证据,或许只是我的神经过敏。于是我做了假设,假设骆天保和老周真的有联系,那么,他们真正的意图是什么?我听白央说起过,这些年来,磐城牧民手中握有的天舐牧业的股权,很多都被充作赌债抵押给巴西穆了。还有不欠赌债的,比如像塔锡一家子,也突然遭受了变故,不得不转让了自家的牧场。我就让白央在牧民中做了统计,得出的结果是,一共有27.3%的股权被收购流转。我又查了一下天舐牧业的股权结构,发现老周是公司的第二大股东,其股权占比为24%。假如,巴西穆将股权转让给骆天保,再由骆天保将股权转让给老周,那么,老周的股权合计就达到了

51.3%，他便成了最大的股东，自然可以通过董事会投票，接管公司的控制权。"

贡波甲说："我明白了，你是通过利益链条，梳理出了团伙的组织架构。"

"是啊，盯住了钱的流向，就能咬住幕后操盘手的尾巴。老周和骆天保在私下想必有过某种股权转让方面的协议，只不过老周不可能立即接手骆天保手里的股权，这样会过早地把他给暴露出来。当然，申屠云武日渐病入膏肓，大家都把目光盯向即将继承公司的申屠云武的儿子，这也给老周提供了某种掩护。"

贡波甲说："我猜想，不只是申屠云武儿子的盗猎记录，就连申屠云武的性命也掌握在老周的手中。"

"作为使用毒药的高手，这么多年来，方解锰一定在持续不断地给申屠云武下毒。这种毒物扰乱了申屠云武的神志，甚至可能真的如方解锰所说，体内的毒素让申屠云武产生了被白鹿追杀的幻觉。"邬天话锋一转，"一切都是有时间线的，但是，申屠灵的回归，使得企业出现了新的继承人，老周的节奏被打乱了。"

邬天看着申屠灵说："特别是你开发的灵犀成了老周的心头大患，他不清楚你通过这个技术能够搜集到多少当年火灾案的线索，所以，感到不安的他才会采取一系列的跟踪和刺探措施。起先，这些手段都还是防御、非暴力的，但等到我和贡波甲这两名经验丰富的侦探加入调查后，特别是当他发现白央在我的授意下开始了解牧场股权暗自流转的事情后，老周才真正感到了威胁。于是他起用了占黑，试图通过西隆山盗猎和反盗猎的埋伏，把我们从这场调查中清除出去。"

"没想到,我和你,还有巴蒂,居然可以死里逃生。"贡波甲感慨道。

"是啊,"邬天接着说,"这大大出乎了老周的意料。接着,我化装潜入了申屠云武的庄园。于是,老周改变策略,顺水推舟将即将病殁的申屠云武推到了头号嫌疑人的位置,占黑和方解锰则变成了申屠云武的两大从犯。这些都被方解锰药房里的照片所证实,顺带还让警方掌握了申屠云武儿子也参与过盗猎的证据,可谓一举多得。

"只是此时,股权、苏子叶、替身的伎俩已经引起了我的怀疑。另外,我向老周透露了申屠灵有意接管公司运营的消息,还说了林珑当年可能在魂堡内留下了某些图画。这一切都让老周意识到自己的努力可能付之东流,才出此下策,企图在十二魂堡内将申屠灵和骆天保灭口,既消除了申屠家最后一名继承人,也永远堵死了骆天保这名同犯的嘴。"

邬天说完,贡波甲和申屠灵陷入了沉思。良久,贡波甲说:"照你的分析,这么多年来,申屠家一直被老周玩弄于股掌之中。"

"是的。申屠烈和老周一同完成了初代的打拼。申屠烈离世后,作为合伙人,老周本以为自己可以接管公司,但是申屠云文却强势成长,带领公司走出了困境。老周便只得潜伏,伺机制造悲剧,以求夺回公司的控制权。"

"我的母亲?"申屠灵突然发问。

"那原本只是夫妻间的矛盾,却被老周巧妙抓住,制造了兄弟俩的裂隙。"邬天沉重地点了点头,"老周先是通过方解锰和占黑,从侧面怂恿申屠云武,又逼迫申屠云文在桃花谷谷底对林珑和伦珠下杀手。只是临到最后，申屠云文选择了放弃，但为后续兄弟俩彼此怀疑埋下了种子。之后，在沧浪阁的火灾中，林珑失踪。兄弟俩自然而然都认为是对方杀害了林珑。从心理上看，申屠云文受到的打击更大，而老周则在此时站在了申屠云武一边，帮助他接管了公司的控制权。"

贡波甲猜测道："这么说，是老周放了那把大火？"

"是的。林珑对老周很信赖，伦珠失踪后，她感到了恐惧，便把逃离沧浪阁的想法和老周说了，希望得到他的支持。老周建议她通过磐城的地下通道离开，还承诺他会在地道的出口将申屠灵交给林珑。只不过在千禧夜，当林珑从地道的出口爬出后，看到的不是老周和女儿，而是火光冲天的庄园，以及从黑暗中走来的占黑。"

邬天停下了讲述，贡波甲和申屠灵也没有说话。

远方的地平线，闪烁的警灯出现在道路上。几分钟后，一辆警车停在了庄园的大门前。两名警察到后院将假冒的申屠云文押解上车，贡波甲则和带队的队长低声聊了几分钟。等警察离开后，贡波甲回到邬天和申屠灵的身边，语气中既充满敬佩，也带有很大的遗憾："刚才那位队长告诉我，在被押解回县局的路上，老周就主动供述了所有罪行。从二十年前一直到现在，他始终是幕后的策划者，和邬天刚才讲述的几乎一模一样。"

金雕还在盘旋，只是高度低了许多，邬天可以看到它油亮的羽毛在发光。邬天突然问贡波甲："金雕的主人，你见到了没有？"

"什么？"贡波甲有些没反应过来。

"那只扑向占黑的金雕是有主人的。"邬天说，"他的主人就是伦珠，林珑的爱慕者。"邬天高举右臂，朝向金雕。金雕盘旋降落，掀起了一道风,稳稳停在了邬天的右臂上。邬天能够感到它的爪子轻轻扣进了自己的皮肤。

与此同时,一个男人骑马停在了沧浪阁的大门前。男人头戴黑色翻帽,身披黑色风衣,脚蹬黑色的马刺,端坐在马背上,就像一个从黑暗世界前来的使者。

"他是伦珠,一个生活在黑暗中的盲人。"邬天顿了顿,"也是二十年前守护在林珑身边的保镖。"

贡波甲和申屠灵怔了片刻,随邬天走到门前。邬天对伦珠说:"感谢你,还有你的德木亚,在关键时刻制服了占黑。"

伦珠点点头:"当年的猎人小组,我是组长,带领占黑去围猎那些野兽。今天,也应该由我结束这一切。"

邬天唔了一声:"还有一件事情,想请你澄清一下。"

伦珠沉默着,先是没有搭理邬天,接着,他叹口气道:"我知道你想问的是什么。"

邬天说:"你得给申屠灵一个交代,毕竟,她历经了这么多的磨难,理应有个结果。"

申屠灵愣在那儿,不明白为什么话题会转移到了自己身上。

伦珠问邬天:"我不明白,你是如何发现的?"

邬天笑道:"很简单,我在猎人小屋里发现了几根长发。"

申屠灵的脸色发白,呼吸也变得急促。

邬天又说:"如果需要,我会请贡波甲将这几根长发和申屠灵的DNA做一个比对。"

"你有比金雕还要敏锐的嗅觉!"伦珠感慨道,然后对申屠灵说,

"你的母亲没有死。当年她中了方解锰下的毒,失去所有的神志和记忆,像一个孤魂般飘荡在高原,还是德木亚发现了她,带领我将她救下。这么多年来,她和我生活在一起,一个傻子,一个瞎子,很幸福……"

申屠灵的泪水涌了出来。

伦珠伸出手:"孩子,坐上我的马背吧,我带你去见你的母亲。"

申屠灵止住泪,攥住伦珠的手腕,翻身跨到了马鞍之上。

伦珠向邬天点头致意:"愿高原永远保护你。"说完,伦珠的双腿轻夹马肚,德木亚也在此时振翅飞回天空。

望着骑马走远的二人,贡波甲问邬天:"案子破了,真相大白,亲人也再次团圆,你有什么打算?"

邬天笑笑,轻描淡写地说:"能有什么打算,无非是继续过日子呗。"

贡波甲哈哈大笑:"是走是留,由你决定,但是你还欠一个交代。"

邬天极目眺望,看到阳光从乌云的缝隙间逃逸,照在远处落玛尔寺的金顶上,金顶泛起了耀眼的光芒,像是在召唤人们投向它的怀抱。

邬天说:"陪我去一趟落玛尔寺吧,白央正在寺里。"

这是一座建在山坡上的寺庙,一间间庙堂依着山势向上蔓延,一直抵达一道垂直的绝壁下。寺庙里没有诵经声,也没有敲门声,大门敞着,却看不见僧人的身影。

邬天和贡波甲在沉默中拾级而上,一直到了大殿后方的僧人生活区,才看到一棵绑满了金色绶带的枫树。树下站立着一头壮硕的雄鹿,侧着脑袋,望向邬天,没有恐惧,也没有好奇,仿佛它在此地已经等了许久。它的后腿外侧,新长出一小撮白色的绒毛。

白央也在此时来到了邬天的身后。

邬天平静地说:"在客栈,每每到了深夜,我都会问自己,乐茹已经故去了,我究竟将何以为家?我以为我的灵魂会永远地流放在这片荒原当中,但是历经这一切,我终于意识到,家始终就藏在我的心里。它伴随着我,一次又一次从汹涌的人潮走进莽莽的荒原。谢谢你们,白央、贡波甲,是你们帮我找回了家。"

邬天抚摸雄鹿的脸颊,低语道:"西隆山南麓有一座天堂牧场,那是你和同伴们越冬的地方。既然你已经痊愈,那就由我带你回家吧。"

雄鹿像是听懂了邬天的话,用鼻子轻蹭邬天的手背。

邬天转过身,对贡波甲和白央道:"人生也是一场迁徙,有离去,就一定有归来,等着我。"

贡波甲走上前,张开双臂,抱住了邬天。白央犹豫了片刻,也紧紧抱住了这两个男人。

半小时后,在贡波甲和白央的帮助下,邬天准备好了马匹、装备和给养。雄鹿已经先于三人离开了落玛尔寺,向着山下的草甸行进。邬天和两位伙伴再次道别,骑马加速赶上了雄鹿。

蓦然间,这头雄鹿定在了原地,仰起脑袋怔怔地望向前方。顺着它的目光,邬天抬起头,看到远方西隆山的顶上,一大团白云凝聚收缩,变幻成了一头神奇的白鹿。

邬天长久地凝视着,灵魂也被这头神鹿带去了无尽的远方。